Bianca

EL AMANTE DISFRAZADO
MAISEY YATES

HARLEQUIN™

Editado por Harlequin Ibérica.
Una división de HarperCollins Ibérica, S.A.
Núñez de Balboa, 56
28001 Madrid

© 2016 Maisey Yates
© 2017 Harlequin Ibérica, una división de HarperCollins Ibérica, S.A.
El amante disfrazado, n.º 2534 - 5.4.17
Título original: The Spaniard's Pregnant Bride
Publicada originalmente por Mills & Boon®, Ltd., Londres.

Todos los derechos están reservados incluidos los de reproducción, total
o parcial. Esta edición ha sido publicada con autorización de Harlequin
Books S.A.
Esta es una obra de ficción. Nombres, caracteres, lugares, y situaciones
son producto de la imaginación del autor o son utilizados ficticiamente,
y cualquier parecido con personas, vivas o muertas, establecimientos
de negocios (comerciales), hechos o situaciones son pura coincidencia.
® Harlequin, Bianca y logotipo Harlequin son marcas registradas por
Harlequin Enterprises Limited.
® y ™ son marcas registradas por Harlequin Enterprises Limited y sus
filiales, utilizadas con licencia. Las marcas que lleven ® están
registradas en la Oficina Española de Patentes y Marcas y en otros
países.
Imagen de cubierta utilizada con permiso de Harlequin Enterprises
Limited. Todos los derechos están reservados.

I.S.B.N.: 978-84-687-9365-8
Depósito legal: M-3382-2017
Impresión en CPI (Barcelona)
Fecha impresion para Argentina: 2.10.17
Distribuidor exclusivo para España: LOGISTA
Distribuidores para México: CODIPLYRSA y Despacho Flores
Distribuidores para Argentina: Interior, DGP, S.A. Alvarado 2118.
Cap. Fed./Buenos Aires y Gran Buenos Aires, VACCARO HNOS.

R0450024121

Capítulo 1

LA MUERTE había ido a buscarla. Al menos, eso era lo que parecía mientras el hombre bajaba la gran escalera del salón de baile veneciano con la capa negra flotando tras él y su mano enguantada rozando la elegante barandilla de mármol. Allegra sentía como si estuviera tocando su piel y durante el resto de su vida se preguntaría por la intensidad de esa sensación.

Llevaba una máscara, como todos los demás invitados, pero ese era el único parecido entre él y los demás; o entre él y cualquier otro mortal.

Iba vestido de negro de los pies a la cabeza y la máscara que cubría su rostro, de un material brillante, tenía forma de calavera. Debía de haberse pintado la cara de negro porque no podía ver una sola traza de humanidad en los pequeños huecos abiertos para los ojos.

Ella no fue la única mujer que se quedó atónita por tan sorprendente aparición. Un murmullo recorrió el salón de baile; las resplandecientes criaturas envueltas en sedas multicolores temblaban presagiando una mirada del desconocido. Allegra no era una excepción. Con un precioso vestido de color violeta y su identidad oculta bajo una máscara dorada que dejaba al descubierto su boca, se permitió el lujo de mirarlo a placer.

La fiesta, que tenía lugar en uno de los hoteles más hermosos e históricos de Venecia, había sido organizada por uno de los socios de su hermano. Era una de las invitaciones más buscadas del mundo y los que habían acudido formaban parte de la élite; aristocracia italiana, multimillonarios, herederas que mantenían cautiva a una sala entera con una sola mirada.

Supuestamente, ella formaba parte del grupo. Su padre era millonario y miembro de la nobleza, con un linaje que se remontaba hasta el Renacimiento, su abuelo había levantado una fructífera inmobiliaria, y su hermano, Renzo, había dado lustre al apellido Valenti convirtiendo la empresa familiar en un imperio.

Aun así, ella no se sentía como ninguna de esas mujeres. No se sentía seductora y vibrante, sino... enjaulada. Pero aquella debía ser su oportunidad para perder la virginidad con el hombre que eligiera y no con el príncipe con el que la habían prometido en matrimonio, que no lograba calentar su sangre o despertar su imaginación.

Tal vez ese pecado la enviaría directa al infierno. Aunque, ¿quién mejor para llevarla allí que el propio demonio? Después de todo, estaba allí y su entrada en el salón le había afectado como su prometido no la había afectado nunca.

Iba a dar un paso hacia la escalera, pero se detuvo, con el corazón tan acelerado que pensó que iba a marearse. ¿Qué estaba haciendo? Ella no era la clase de mujer que se acercaría a un hombre en una fiesta.

Acercarse a él, flirtear y pedirle que...

No sabía cómo se le había ocurrido tal cosa.

Allegra se dio la vuelta. No iba a cortejar a la muerte en esa fiesta. Sí, su fantasía era encontrar un hombre que la excitase, pero en el momento de la verdad no encontraba valor.

Además, su hermano la había llevado a esa fiesta y

si causaba algún problema seguramente prendería fuego al hotel. Renzo Valenti no era conocido por su temperamento afable. Ella, sin embargo, había aprendido a controlar el suyo.

De niña había sido problemática, según sus padres. Pero había soportado interminables lecciones de porte, presencia, compostura y muchas otras cosas concebidas para convertirla en una dama.

Y lo habían conseguido. Al menos, en opinión de sus padres. Cristian Acosta, un duque español amigo de su hermano, era el culpable de todo lo que ocurrió después. Él había presentado al príncipe Raphael de Santis, de Santa Firenze y ante la insistencia del «querido» Cristian, a quien Allegra quería estrangular, estaba prometida con un príncipe desde los dieciséis años.

Un triunfo a ojos de sus padres. Debería sentirse feliz, le habían dicho.

Se había comprometido con Raphael seis años antes, pero no la atraía más en ese momento que el día que lo conoció. El príncipe era un hombre atractivo, pero la dejaba fría.

Era un hombre serio que nunca aparecía en las revistas de cotilleos, la viva imagen de la respetabilidad y la elegancia masculina con sus trajes de chaqueta, o con atuendo informal cuando se encontraba con su familia para disfrutar de unas vacaciones en cualquier parte del mundo.

Tal vez era parte de su voluble naturaleza, pero nunca se había sentido tentada de hacer algo más que aceptar un beso en la mejilla. No sentir pasión por él tal vez era una forma de rebelarse. O tal vez era culpa de Raphael, que era demasiado serio.

¿Tan descabellado era soñar con un hombre apasionado como ella?

Aunque nunca lo había dicho en voz alta, deseaba ser libre, rechazar la vida que sus padres habían elegido para ella. Sin duda, Cristian le diría que estaba siendo egoísta. Él siempre actuaba como si su compromiso con el príncipe fuese algo personal. Seguramente, porque él lo había organizado.

No sabía qué ganaba él con su matrimonio. Quizá favores del príncipe o beneficiosos contactos. Cristian Acosta era la única persona que la sacaba de quicio, el único hombre que la hacía desear perder los papeles. Pero nunca lo había hecho.

Ella hacía lo que le pedían sus padres. En realidad, su existencia era formal, aburrida, y sentía como si estuviera en una lucha constante contra sí misma.

Intentando no volver a mirar la máscara de la muerte, tomó un plato para acercarse a la mesa del bufé. Si no podía disfrutar de los hombres, disfrutaría del chocolate. Si su madre estuviera allí le recordaría que debía contenerse porque ya le habían tomado las medidas para el vestido de novia que iba a lucir en unos meses y que comer chocolate no la llevaría a nada.

Y su madre necesitaba que todo llevase a algo. Necesitaba que sus hijos cumplieran con sus obligaciones para seguir encumbrando la empresa de su padre, honrar el apellido familiar y un montón de cosas que a ella le parecían aterradoras.

En un acto de rebeldía, Allegra tomó otro pastel de crema. Su madre no estaba allí. Además, la modista podría arreglar el vestido si sus abundantes curvas fuesen un problema.

Su hermano no la detendría. Aunque no se oponía a que sus padres la empujasen al matrimonio, su rebeldía solo parecía divertirlo. Era injusto. Renzo había tenido que hacerse cargo de la inmobiliaria de su padre, pero nadie podía dictarle nada sobre su vida privada, de la que los medios se hacían eco a menudo.

En cuanto a ella, seguramente podría hacer lo que quisiera mientras dedicase todo su tiempo al marido que sus padres habían elegido.

Tal vez por eso Renzo era indulgente, porque veía el trato desigual, pero sus padres no. Y tampoco Cristian, que los había animado para que la casaran. Además, siempre estaba a mano para criticarla o burlarse de ella.

Sabía que había sufrido mucho y se sentía casi culpable por pensar mal de él, pero sus tragedias personales no le daban derecho a ser tan insensible con ella.

Allegra parpadeó, mirando su plato. No sabía por qué estaba pensando en Cristian. Tal vez porque si estuviera allí enarcaría una irónica ceja al verla con un plato lleno de dulces, usándolo como prueba de que solo era una niña mimada.

Ella pensaba que era un imbécil, de modo que estaban en paz.

En ese momento, la orquesta empezó a tocar un vals que parecía envolverla en una ola de sensualidad. Allegra se dio la vuelta y miró a las parejas que bailaban en la pista.

¿Cómo sería que un hombre la abrazase así? Suponía que su futuro marido sería un buen bailarín. Después de todo, era un príncipe y seguramente habría tomado clases desde que empezó a caminar.

De repente, frente a sus ojos vio una mano enguantada y cuando levantó la cabeza se quedó sin aliento al ver al hombre vestido de negro. Abrió la boca para decir algo, pero el desconocido levantó la otra mano para llevarse un enguantado dedo a los labios de la máscara.

También él la había visto, se había fijado en ella. La oleada de calor, de excitación, que había sentido mientras bajaba la escalera, la impresión de que no tocaba la barandilla, sino su piel había sido una conexión real.

Emocionada y excitada como nunca, dejó que tomase su mano para llevarla hacia el otro lado del salón. Y, aunque el guante evitaba el contacto de su piel, Allegra sintió como un relámpago entre las piernas.

Era una tontería, podría ser cualquiera. Podría tener cualquier edad. Podría estar terriblemente desfigurado bajo la máscara. De hecho, podría ser la propia muerte. Pero no lo creía porque lo que sentía era demasiado inequívoco, demasiado profundo.

Cuando la abrazó, cuando sus pechos se aplastaron contra el duro torso masculino, supo que fuera quien fuese, era el hombre que había esperado toda su vida.

Era extraño sentir una atracción tan inmediata, intensa y visceral que trascendía la realidad.

Llegaron a la pista de baile, abriéndose paso entre las parejas como si no estuvieran allí. Allegra levantó la mirada y se concentró en las lámparas de araña sobre sus cabezas y en las cortinas de terciopelo que, en parte, escondían murales de ninfas retozando.

Cada roce de su mano enguantada en la espalda provocaba una oleada de deseo por todo su cuerpo. Sentía un calor húmedo entre las piernas y estaba desesperada porque la tocase allí. Aquello no era solo un baile, sino el preludio de algo mucho más sensual.

Nunca había sentido algo así por un hombre. Por supuesto, tampoco había bailado nunca con un hombre de ese modo, pero estaba segura de que no tenía nada que ver con el baile, por excitante que fuese. Y nada que ver con la música, aunque la afectaba profundamente. Era él y lo había sido desde el momento que entró en el salón. Tanto que se sentía mareada.

Nerviosa, puso la palma de la mano sobre su torso mientras lo miraba a los ojos; unos ojos oscuros e indescifrables bajo la máscara. Tal vez estaba disgustado. Tal vez no podía imaginarse por qué había entendido la invitación a bailar como algo más.

Pero entonces él tomó su mano y tiró de ella para salir de la pista de baile. Allegra se quedó helada, pensando que había cometido un terrible error. El desconocido le apretó la mano, rozando la sensible piel de la muñeca con el pulgar. Allegra temblaba, aceptando ese roce por lo que era: una respuesta, un «sí».

Tragó saliva mientras miraba alrededor para buscar a su hermano, pero no estaba por ningún sitio. Eso significaba que se habría ido con alguna mujer. Mejor, pensó, Renzo no estaba allí para ser su niñera.

No sabía cómo hacer aquello. Sobre todo, sin hablar. Su hombre misterioso parecía dispuesto a guardar silencio, pero no importaba porque eso aumentaba la emoción.

No sabía quién era y él no conocía su verdadera identidad. Su compromiso con el príncipe de Santa Firenze había sido muy publicitado y, aunque dudaba que eso la hubiera hecho famosa en el mundo entero, en Venecia mucha gente sabía quién era.

Pero tenía que tomar una decisión porque él estaba sacándola del salón, alejándola de todos para llevarla hacia un oscuro pasillo. El corazón le latía con violencia y, por un momento, le preocupó que aquello fuera un secuestro. No había imaginado que un secuestro pudiera parecerse tanto a una seducción o viceversa.

Apenas podía respirar porque el miedo y la emoción competían para ocupar un sitio en su interior.

Él la llevó hacia una oscura esquina en el pasillo y la música de fondo desapareció. Allegra no oía nada ni a nadie. Y en ese momento, cuando el hombre misterioso ocupó todo su campo de visión, eran las dos únicas personas sobre la tierra.

Él trazó la comisura de sus labios con un dedo enguantado, produciéndole un estremecimiento, y luego le deslizó el dedo por el cuello hasta el nacimiento de sus pechos. El roce era como el de una pluma, pero resonó dentro de ella, entre sus piernas, consumiéndola.

Fue entonces cuando supo con toda seguridad que no había malinterpretado la situación. Cuando supo con toda seguridad que estaba seduciéndola y ella estaba a punto de dejarse seducir.

Pero ¿lo permitiría?

Mientras se hacía la pregunta se dio cuenta de lo ridícula que era. Ya lo había permitido. Desde el momento en que aceptó su mano había dicho que sí.

De repente, él empezó a tirar hacia arriba del vestido, descubriendo sus muslos, y la rozó entre las piernas con un dedo enguantado; un roce breve y subyugante en el sitio en el que ardía por él. Luego, con la otra mano, tiró hacia abajo del escote del vestido para descubrir sus pechos, dejándola medio desnuda. Allegra dejó escapar un gemido, sin creer lo que estaba pasando. Lo que estaba permitiendo que hiciera.

En realidad, no estaba permitiendo nada. Era cautiva del desconocido y no le importaba en absoluto.

Él deslizó el pulgar sobre un sensible pezón y luego pellizcó la tierna carne entre el pulgar y el índice. Allegra se arqueó hacia él cuando apretó sus pechos con las dos manos y suspiró de gozo cuando deslizó los dedos entre sus muslos, bajo las bragas, tocándola más íntimamente de lo que nadie la había tocado nunca.

Se sentía perdida en él, en aquello. Nunca había

experimentado un placer así. Era como estar en el centro de una tormenta sensual. Sentía sus caricias por todas partes, llevándola hacia el borde del precipicio.

Sin pensar, levantó las manos para desabrochar los botones de su camisa y contuvo el aliento al rozar el duro torso masculino. El calor de su piel era tan sorprendente, tan sexy, que se le doblaron las piernas. Pero eso no podía ser porque entonces él se daría cuenta de su inexperiencia y la dejaría allí plantada e insatisfecha. Y era demasiado perfecto, una tentación de la que no quería alejarse.

Se inclinó hacia delante para besar su cuello. Sus labios estaban cubiertos por la máscara, pero no su cuello, que quedó marcado de carmín rojo. Le gustaba, quería dejarle una marca porque ella quedaría marcada para siempre.

Acariciar el duro torso cubierto de vello era una sensación totalmente nueva para ella y tocarlo así enviaba un estremecimiento de deseo directamente a su pelvis... un estremecimiento que se convirtió en un incendio cuando la empujó contra la pared y bajó las manos hacia la cremallera del pantalón.

Un segundo después estaba apretado contra ella, con su erección, dura y ardiente, rozando la entrada de su húmeda cueva.

El desconocido levantó una de sus piernas para enredarla en su cintura y movió las caderas hacia delante, empujando contra los empapados pliegues... y Allegra echó la cabeza hacia atrás mientras un gemido de dolor escapaba de sus labios.

Sabía que perder la virginidad dolía, pero no se había imaginado que fuera así.

Él no pareció darse cuenta porque se apartó despacio antes de volver a penetrarla. En esa ocasión no le dolió tanto y con cada embestida dolía menos hasta que, poco a poco, el placer regresó. Un placer que se convertía en una profunda desazón, en un ansia ardiente, frenética.

Allegra se apretó contra él, sujetándose a sus hombros y hundiendo la cara en su cuello cuando un orgasmo interminable la dejó agotada y sin aliento.

El desconocido empujó por última vez, sujetándose a la pared mientras se dejaba ir con un gemido ronco.

Por un momento, el mundo pareció dar vueltas a toda velocidad. Estaba mareada de placer, de deseo. Y se sentía profundamente conectada con aquel hombre al que no conocía de nada.

Él se apartó entonces para abrocharse la camisa, sin dejar de mirarla. Era oscuro y misterioso y lo había sido desde el momento en que puso los ojos en él. Si no fuera por la mancha de carmín rojo en su cuello, era como si nunca se hubiesen tocado.

Pero la prueba estaba allí. Si la sensación eléctrica en todo su cuerpo y el latido entre sus piernas no fueran prueba suficiente, eso serviría.

Él la miró un momento, se ajustó los guantes y se dio la vuelta para entrar de nuevo en el salón.

Dejando sola a la mujer que nunca había hecho nada más que protestar silenciosamente por su vida, que jamás había intentado rebelarse. Sola después de haber perdido la virginidad con un desconocido.

Sin protección, sin pensar en el futuro. Sin pensar en nada en absoluto.

La emoción se convirtió en horror, en pánico.

Mientras lo veía desaparecer no sabía si sentirse desolada o aliviada al pensar que nunca volvería a verlo.

Capítulo 2

ALLEGRA estaba convencida de que las cosas no podían empeorar. Daba igual cuántas veces hubiera deseado en las últimas semanas que le bajase el periodo. No había ocurrido. Sus fervientes plegarias para que no apareciese un puntito rosa en la prueba de embarazo que compró esa mañana tampoco habían dado resultado. El puntito estaba allí.

Daba igual que estuviera comprometida con un príncipe porque él no era el hombre con el que había hecho el amor. No, lo había hecho con un desconocido.

Había repasado todas sus posibilidades desde que hizo tan inquietante descubrimiento esa mañana. La primera: tomar un avión para buscar a su prometido y seducirlo. Había varias razones por las que eso podría no salir bien; la primera, que no podía pasarse toda la vida mintiendo sobre la paternidad de su hijo. Además, el príncipe Raphael necesitaba un heredero de su propia sangre y eso significaba que haría una prueba de paternidad. Como Allegra sabía que no era el padre, no tenía sentido pensar en ese subterfugio, pero lo había hecho porque la alternativa pondría su vida patas arriba.

Y, por fin, había decidido poner su vida patas arriba porque no había otra opción. De modo que estaba en la oficina de su hermano en Roma, dispuesta

a contárselo todo a la única persona que podría enten-
derla. Aunque, antes de confesar, decidió hacer una
suave introducción:

–¿Lo pasaste bien en la fiesta?

Renzo levantó la mirada del ordenador, con una
ceja enarcada.

–¿Qué fiesta?

–Me refiero al baile de máscaras.

–Lo pasé bien, pero no me quedé mucho tiempo.
¿Por qué lo preguntas? ¿Han publicado fotografías en
alguna revista?

–¿Podría haberlas? –preguntó ella.

–Siempre existe esa posibilidad.

–Sí, bueno, es verdad –asintió Allegra.

Se le ocurrió entonces que también ella podría aca-
bar en las portadas de las revistas de cotilleos. Tantos
años portándose bien y fantaseando con portarse mal
y, de repente, podría haber provocado el mayor de los
escándalos.

–Si quieres preguntarme algo hazlo de una vez o
vete de compras. Me imagino que para eso has venido
a Roma.

No había ido a Roma de compras. Estaba allí para
hablar con él porque tenía que averiguar lo que sabía
sobre el hombre enmascarado.

–Tú conoces a mucha gente importante –empezó a
decir, sin mirarlo. Y sabía en su fuero interno que el desconocido era alguien importante. Tenía un aire de
autoridad, una personalidad que exigía la atención
de todos los que le rodeaban.

–A casi todos –asintió su hermano, burlón–. Presi-
dentes, reyes. ¿Por qué lo dices?

–Había un hombre en la fiesta...

–No deberías preguntarme por hombres –la interrumpió su hermano–. Especialmente estando comprometida.

–Sí, pero es que siento curiosidad por este hombre en particular.

–Si te cuento algo, nuestro padre me cortará la cabeza.

–No es verdad. Tú nunca haces nada para complacer a nuestros padres, así que deja de fingir.

Renzo dejó escapar un largo suspiro.

–Muy bien. ¿A quién te refieres?

–Llegó tarde, vestido de negro. Y llevaba una máscara en forma de calavera.

Su hermano esbozó una sonrisa. Y luego hizo algo que rara vez solía hacer: soltó una carcajada.

–¿Por qué te ríes? –preguntó Allegra. Ella sufriendo una crisis y su hermano se reía–. ¿Dónde está la gracia?

–Siento mucho decirte que el hombre que llamó tu atención es Cristian, al que tanto odias.

Allegra se quedó helada.

–No, es imposible. No puede ser Cristian.

–Protesta lo que quieras, pero lo era. Tal vez deberías alegrarte de que nuestros padres insistieran en tu compromiso con Raphael. Por ti sola tienes un gusto espantoso.

–No –insistió ella, furiosa–. No es posible que fuera Cristian Acosta. Yo... me habría convertido en piedra.

–¿Solo con mirarlo? –preguntó su hermano, mirándola con extrañeza.

–Sí.

Su hermano descubriría la verdad tarde o temprano. Todos lo harían, pero Cristian no tenía por qué saber que era el padre de su hijo. Nadie más que ella tenía que saberlo.

Cristian la veía como una niña mimada y egoísta, y jamás creería que era la mujer con la que había hecho el amor en aquel pasillo.

No le parecía posible. ¿Cómo había podido...? ¿Cómo podía haber...?

Era una pregunta que se había hecho a sí misma una y otra vez, incluso antes de descubrir la identidad del hombre misterioso.

No iba a decírselo. ¿De qué serviría? O no querría saber nada de ella y el niño o querría involucrarse. Francamente, prefería lo primero, pero temía lo último.

–Da igual. Es una tontería.

–Evidentemente –murmuró Renzo, volviendo a concentrarse en su trabajo.

Y Allegra tomó una decisión en ese momento: rompería su compromiso y criaría a su hijo sola.

No le pediría nada a Cristian.

–El compromiso roto de tu hermana ha aparecido en muchos titulares –dijo Cristian mientras se servía una copa, volviéndose para mirar a su amigo.

Estaba realmente enfadado porque había arriesgado su reputación al presentar a Raphael a los Valenti para instigar ese compromiso.

Raphael y él no eran grandes amigos, más bien conocidos. El azar de ser aristócratas en esos tiempos, donde los títulos nobiliarios eran tan escasos. Pero había sido él quien lo presentó a la familia y quien sugirió el compromiso, más que nada por afecto y gratitud a la familia Valenti. Pero debería haberse imaginado que ella lo estropearía todo.

Solo había sido una cuestión de tiempo que Allegra pusiera su vida patas arriba. Siempre le había parecido una bomba a punto de explotar, incluso cuando estaba delicadamente sentada, intentando mostrarse serena y elegante en fiestas o cenas familiares.

Él había visto esa inquietud, esa insatisfacción, pero esperaba que se encontrase a sí misma cuando estuviera casada con el príncipe y no convertida en protagonista de titulares escandalosos.

Una mujer con su temperamento corría el peligro de convertirse en carnaza para las revistas de cotilleos y había intentado advertirle, pero era demasiado obstinada. Había esperado que su compromiso con Raphael la mantuviera a salvo.

Al parecer, no había sido así.

—La cancelación de una boda real siempre es noticia —dijo Renzo.

—Sí, claro.

Raphael era un príncipe acostumbrado a deferencias de todo tipo, pero Allegra no parecía entenderlo y había permanecido en silencio, con gesto malhumorado durante toda la cena. Entonces era muy joven, pero había esperado que madurase.

Tal vez lo que había pasado era lo mejor, pensó.

Él sabía bien cómo podían terminar los matrimonios de conveniencia y cómo podía hundirse una mujer bajo el peso de las expectativas.

«Pero ella no es Sylvia. Y él no eres tú».

Tal vez Allegra podría haber sido relativamente feliz en ese matrimonio. Si hubiese entendido el buen partido que era Raphael.

—Gracias a Dios, nadie sabe la razón de la ruptura, pero tarde o temprano lo sabrán —dijo Renzo, cruzando el despacho para servirse una copa.

Cristian arrugó el ceño.

—¿Cuál es la razón?

–Está embarazada.

Cristian sintió que se le encogía el estómago. La imagen de Allegra embarazada, con un bebé en brazos... lo emocionaba.

Era ridículo. Habría quedado embarazada de Raphael tarde o temprano. ¿Por qué entonces sentía aquello? No lo sabía y apretó los dientes, intentando controlarse.

–No es hijo del príncipe.

–No –respondió Renzo–. Se niega a decir quién es el padre. Nunca la he visto con nadie, así que no tengo ni idea, pero me preocupa. Es muy inocente y temo que se hayan aprovechado de ella.

Era extraño que Renzo dijera eso. Cristian siempre había visto una vena indómita en Allegra y no le sorprendería que hubiese llevado una doble vida a espaldas de su familia.

Y esa idea no le gustó nada. No quería pensar que mientras fingía aceptar los planes de sus padres, dejaba que algún hombre la tocase, la besase.

La hiciera suya.

–Espero que no –murmuró.

–Ella no tiene experiencia con otros hombres, que yo sepa. Aunque hace poco me preguntó por un hombre al que vio en el baile de máscaras.

Cristian apretó los dientes.

–¿Ah, sí?

Recordaba aquella figura hermosa, tan estrecha, su húmedo calor. Era algo que no se había permitido a sí mismo en años.

–Y se llevó un disgusto al saber que el hombre enmascarado que había llamado su atención eras tú.

Cristian dejó su copa sobre el escritorio, con el pulso latiéndole en las sienes.

–¿Qué llevaba puesto tu hermana? –preguntó, con el corazón acelerado.

–Una máscara, como las demás mujeres. Llevaba algo de color violeta en el pelo y un vestido del mismo color. Un vestido que a mi madre no le parecía apropiado, por cierto.

No podía ser. La primera mujer a la que había tocado en años y resultaba ser Allegra Valenti. Y estaba embarazada. Iba a tener un heredero.

Aunque el concepto de ducado era algo anticuado, el suyo seguía vigente y de sus propiedades dependían cientos de familias. Él era el último Acosta y era su obligación tener un heredero.

Aparte de eso, formaba parte de la doble vida de Allegra Valenti. Parte de su pecado... y qué pecado había sido. El encuentro lo perseguía en sueños, los recuerdos eran tan eróticos que se despertaba a punto del orgasmo cada noche.

–¿Dónde está? –preguntó, intentando disimular su desesperación.

Renzo frunció el ceño.

–No va a gustarme esto, ¿verdad?

–No más que a mí –respondió Cristian con sequedad–. ¿Dónde está?

–Escondida en Roma, en uno de mis apartamentos.

–Tengo que hablar con ella ahora mismo.

No había tiempo para sutilezas. Si sus sospechas eran ciertas, no habría más secretos.

Maldita fuera. No podían ser ciertas.

La expresión de Renzo se volvió suspicaz, sombría.

–Me imagino que después hablarás conmigo.

–Espero no tener que hacerlo.

Cristian se dio la vuelta para salir del despacho de su amigo. Tenía que verla y hablar con ella de inmediato. Tenía que demostrarse a sí mismo de una vez por todas que Allegra no era su misteriosa amante del baile de máscaras. No podía ser ella. La mocosa de los Valenti no podía ser la mujer que lo había excitado como nadie.

Imposible.

Se negaba a creer que fuese cierto y demostraría que no lo era.

Allegra hacía todo lo posible para evitar las noticias, pero a veces se olvidaba y encendía la televisión o el ordenador... y allí estaban los titulares.

Era horrible que la pintasen como la persona que no era; tan valiente como para romper su compromiso con el príncipe a última hora, sin importarle sus sentimientos o el futuro de su país.

Ella no era valiente y sí le importaba haberlo dejado en la estacada, pero, si Raphael tenía sentimientos, nunca los había demostrado. Aunque eso no la excusaba.

Cuando se dejó llevar por la fantasía de tener un amante no lo había hecho pensando en romper su compromiso, sino con la idea de vivir un momento robado que siempre sería suyo y solo suyo.

Pero desde ese día era de todo el mundo.

Todo el mundo sabía que había roto el compromiso y su familia sabía que estaba embarazada. Solo era cuestión de tiempo que los medios de comunicación empezasen a especular sobre eso también.

Pero, curiosamente, mientras sus errores se convertían en noticia, empezaba a sentir que su vida le pertenecía. No iba a desvelar quién era el padre del niño.

Sí, había decepcionado a todo el mundo y sus padres podrían repudiarla, pero su vida parecía llena de unas posibilidades que antes nunca había tenido.

Siempre había sabido que quería ser madre, pero para eso habría tenido que ser la esposa del príncipe. Y, como princesa, su vida nunca hubiera sido suya de verdad.

Y por primera vez, podría serlo. Podía elegir, aunque las posibilidades no fuesen infinitas, y solo tendría que responder ante sí misma. La relación con su hijo solo dependería de ella y, aunque no fuese lo ideal, era mejor que ser la esposa de Raphael.

Un golpecito en la puerta hizo que se levantase de un salto. El conserje no había llamado para decir que tenía visita, de modo que debía de ser un empleado del edificio.

Por suerte, Renzo había dejado que se escondiese allí. Estaba enfadado con ella, pero al menos la entendía. Después de todo, él no era un modelo de comportamiento.

Pero cuando abrió la puerta se le cayó el calma a los pies.

—Renzo no está —le espetó, intentando controlar su nerviosismo mientras miraba el serio rostro de Cristian Acosta.

No podía saberlo, era imposible. Se negaba a creerlo.

Pero al verlo allí, mirándola con esos ojos negros, se preguntó cómo no había sabido que era él en cuanto entró en el hotel.

Entonces había sido como si la muerte hubiese ido a buscarla y tenía el mismo aspecto en ese momento.

Tenía el ceño fruncido, el mentón apretado; los labios, normalmente el rasgo más suave de su rostro, formando una línea recta.

Ocupaba todo el espacio y ni siquiera había entrado en el apartamento. Tan alto, con esos hombros imposiblemente anchos, hacía que se sintiera pequeña, débil.

La hacía sentir como si viera dentro de su alma.

Su breve momento de esperanza fue aplastado bajo el peso de esa mirada certera, intensa. Durante unos días se había creído libre y, de repente, Cristian estaba allí para robarle esa libertad.

—No vengo a buscar a Renzo —dijo él con sequedad.

—¿Has venido a felicitarme por mi próximo matrimonio? Porque si es así...

—Calla —la interrumpió él bruscamente, entrando en el apartamento—. No he venido a jugar, Allegra. ¿Ibas a contármelo?

—¿De qué estás hablando? —preguntó ella, con un nudo en la garganta.

—De tu embarazo —respondió Cristian.

—Yo no...

—Lo sé —volvió a interrumpirla él—. Sé que eras tú y sé que te has enterado de que el hombre de la máscara era yo, así que no te hagas la inocente.

—No me hago la inocente porque ya no lo soy, como tú sabes muy bien —le espetó, cruzando los brazos sobre el pecho, como poniendo una barrera entre ellos.

—Entonces admites que lo sabías. Sabías que yo soy el padre de tu hijo.

—Yo no admito nada —Allegra descruzó los brazos, deseando poder doblarse sobre sí misma y desaparecer completamente.

—Y, sin embargo, dices que debería saber que no eres inocente. ¿Cómo iba a saberlo si no hubiera sido yo quien se llevó tu inocencia?

—No sé, ¿tal vez porque estoy embarazada? Pues lo

siento, Cristian, pero podría ser de cualquiera. He estado con muchos hombres.

—Ya está bien —dijo él con tono firme—. ¿Por qué mientes?

—La cuestión es que no quiero hablar contigo. Y no quiero tener que lidiar con esto, yo... si hubiera sabido que eras tú jamás te hubiese tocado.

—Pero era yo —afirmó Cristian con fría determinación.

—No te deseo —le espetó Allegra, desesperada—. No sabía que eras tú.

—No te hagas ilusiones. Tampoco yo sabía que eras tú. No eres más que una niña mimada que ha tirado su futuro por la ventana. Nunca has entendido lo que tenías en la mano ni lo que tus padres han hecho por ti.

—Renzo tampoco y, sin embargo, eres capaz de seguir siendo amigo suyo sin darle una charla cada cinco minutos.

—Renzo dirige las empresas de tu padre, no ha eludido sus deberes.

—Ah, menudo doble rasero.

—No es diferente al del resto del mundo.

Ella levantó las manos al cielo.

—Entonces, felicidades. Eres tan estúpido como la mayoría de la población.

Los dos se quedaron en silencio. No era un silencio vacío, sino cargado de rabia, y de algo más que Allegra no quería identificar.

—Si hay algo que he aprendido es que no se puede escapar de las consecuencias de tus actos. Da igual quién sea tu padre o cuánto dinero tengas —dijo Cristian por fin.

—Especialmente cuando no se usa preservativo —replicó ella.

Tal vez también ella tenía parte de culpa en lo que había pasado, pero era él quien debía haberse puesto un preservativo. Debería haberse hecho responsable. Además, era su primera vez.

–Tú no dijiste nada.

–Tú dejaste bien claro que no querías que hablase.

–Pero tú no protestaste.

Allegra dejó escapar un largo suspiro.

–No tienes que hacer esto. Estaba dispuesta a asumir el embarazo yo sola.

–¿Qué quieres decir con eso?

–Iba a tener a mi hijo y a criarlo como madre soltera. Puedo hacerlo porque no tengo problemas económicos. Mis padres están disgustados, pero no van a desheredarme –respondió. Estaba tirándose un farol. Sus padres estaban indignados y no sabía qué iban a hacer. De hecho, no había hablado con ellos en los últimos días.

–¿Tú crees?

–Y, si ellos no me ayudasen, lo haría Renzo.

Sus padres estaban tan involucrados en todos los aspectos de su vida que no se podía imaginar que la repudiasen. No sabía qué haría su madre sin ella todos los días... claro que tal vez eso tenía más que ver con la boda real que con el deseo de pasar tiempo con su hija.

–Francamente, me da igual lo que tus padres piensen hacer o si tu hermano te ayudaría. No vas a hacerlo sola.

–Nadie creería que tú y yo hemos hecho el amor.

Él se rio, un sonido oscuro que se enredó por todo su cuerpo, enroscándose en sus venas, calentándole la sangre. Nunca le había afectado de ese modo. Normalmente, Cristian le calentaba la sangre porque la enfurecía, pero aquello era diferente. Era un recuerdo compartido que Allegra no deseaba.

–No hemos hecho el amor –la corrigió él–. Hemos tenido relaciones sexuales contra una pared.

Allegra sintió que su rostro se cubría de rubor.

–Nadie creería que hicimos eso tampoco.

–¿Por qué? ¿Por mi impecable reputación?

–Para empezar.

–Nadie tiene que saber cómo pasó. Cuando demos la noticia les dirás a tus padres que te has enamorado de mí y que esa es la razón para romper el compromiso con Raphael.

–Nadie creerá que estoy enamorada de ti. Todo el mundo sabe lo que sentimos el uno por el otro.

–Mi reputación no sufrirá. Eres tú la que estaba comprometida y la mujer. Por lo tanto, te juzgarán a ti, así es la vida.

Allegra soltó un bufido.

–Ya me están juzgando. ¿No has visto las revistas?

–Puede que te sorprenda, pero mi vida no consiste en leer titulares sobre tus aventuras. Renzo me lo contó.

–¿Renzo lo sabe?

–Tu hermano no es tonto. Me imagino que cuando le pregunté cómo ibas vestida en la fiesta supo sumar dos y dos.

–Pero sigues vivo –dijo Allegra, pensando que si Renzo supiera que había hecho el amor con Cristian estaría muerto.

–Yo no sabía que eras tú. En otras circunstancias jamás se me hubiera ocurrido tocarte y tu hermano es consciente de ello.

–Siento mucho si mi identidad fue una desilusión para ti, pero los dos sabemos que disfrutaste mucho del encuentro –replicó ella, herida en su orgullo–. Tanto que fue extremadamente breve.

Él hizo un gesto burlón.

–Tú lo disfrutaste a pesar de la brevedad.

–¿Tan seguro estás?

–Recuerdo bien la intensidad de tu orgasmo, Allegra –respondió Cristian con voz ronca–. Eso no se puede fingir.

–Las mujeres pueden fingir muchas cosas.

–Las mujeres solo pueden fingir si su compañero es tonto o inexperto. Y yo no soy ninguna de esas cosas –Cristian dio un paso adelante–. Lo sentí, te sentí temblar. Sentí tu placer tanto como el mío. No finjas ahora que conoces mi identidad.

–Qué importante es eso para tu ego y, sin embargo, no puedes ni verme. Eres muy tortuoso, Cristian.

Él se rio, oscuro, implacable.

–Nunca he dicho que fuese de otro modo.

–No me deseas y dudo que desees tener un hijo.

–Ahí es donde te equivocas. Necesito ese hijo.

–Si lo necesitas para algún ritual de sacrificio no has tenido suerte –replicó ella, irónica.

–No, gracias. En mi vida ya ha habido demasiadas muertes.

Ella apartó la mirada.

–Lo siento, no quería...

–No te disculpes ahora, no lo haces de corazón.

–¿Por qué necesitas un hijo? –le preguntó Allegra.

–Porque sigo siendo un aristócrata, un duque.

–Lo sé. Tu arrogancia lo anuncia antes de que entres en cualquier sitio.

–Entonces debes entender que necesito un heredero; un heredero legítimo. Mi hijo no puede nacer fuera del matrimonio y yo no puedo perder esta oportunidad.

–¿Nuestro hijo es una oportunidad?

–Es una oportunidad para proteger mi linaje. Soy viudo y tengo más de treinta años, de modo que tener un hijo cada día es más importante. Yo nací casi por accidente y depende de mí que el ducado de Acosta tenga un heredero.

–¿Qué me estás proponiendo?

–Te estoy proponiendo matrimonio.

–¿Qué?

A Allegra le latía el corazón con tal fuerza que sentía como si estuviera bajo el agua. Apenas podía respirar.

–Allegra Valenti, vas a tener un hijo mío y, por lo tanto, serás mi esposa.

Capítulo 3

CRISTIAN miraba a la recalcitrante mujer sentada frente a él en su avión privado. Había pasado mucho tiempo desde la última vez que llevó a una mujer en su avión.

Mucho tiempo desde la última vez que tuvo una amante.

Aunque Allegra no era su amante. En absoluto. Un revolcón contra una pared no la convertía en nada. A él, sin embargo, lo convertía en un hombre débil.

Tres años de celibato, pensó. Era de esperar. Y, sin embargo, no se había imaginado que sería castigado de forma tan espectacular por su falta de control. En su opinión, ya había recibido más que suficientes castigos en la vida, pero alguna deidad caprichosa no estaba de acuerdo.

Y su nuevo castigo era Allegra Valenti.

Estaba claramente enfadada, casi hecha un ovillo en el asiento mientras miraba por la ventanilla, como si prefiriese tirarse de cabeza que pasar un momento más en su compañía.

–¿Tienes algo que decir, Allegra?

–Creo que ya te lo he dicho todo... y varias veces. No quiero repetirme.

–Hazlo, por favor. Nunca me canso de tus excusas. Todas ellas increíblemente egoístas.

–No es egoísta pensar que dos personas que no se soportan no pueden casarse.

–¿Por qué no? Mucha gente lo hace. Solo tienes que sobrevivir hasta que la muerte nos separe.

–¿Es fácil conseguir arsénico en España?

–Eres una delicia –replicó él, burlón–. ¿Cómo es posible que no nos hayamos dejado llevar antes?

–¿Te refieres al arsénico?

Cristian se rio.

–Me refería a la atracción que hay entre nosotros, «tesoro».

–No hay ninguna atracción, Cristian –replicó ella–. De hecho, tuvimos que disfrazarnos para que pasara algo. Yo diría que no debemos preocuparnos por ese tema.

Recordar esa noche hizo que Cristian tuviera que tragar saliva. No había hecho más que soñar con esa noche desde que ocurrió. Que fuese Allegra Valenti con quien había perdido la cabeza se había convertido en una pesadilla, pero una pesadilla erótica.

No había estado con una mujer desde la muerte de Sylvia. Ni siquiera había sentido la tentación. Pero aquella noche, en el baile de máscaras, había visto a una criatura sensual con un vestido de color violeta que se ajustaba a sus generosas curvas y el largo pelo oscuro cayendo sobre unos hombros tentadoramente descubiertos.

El primitivo deseo había trascendido la razón, la decencia. No había querido que nada estropease el momento, por eso quiso evitar que hablase. No quería escuchar una sola palabra. No quería perder el hechizo que había caído sobre ellos.

Debería haberse imaginado que era cosa de brujería y que se quemaría por ello. Un solo exceso en una vida disciplinada y lo había destruido todo.

–Me temo que en eso te equivocas –replicó con tono aburrido–. La química que hay entre nosotros es innegable.

Ella hizo un gesto con la mano.

–Mira cómo lo niego.

–Tu negativa no tiene sentido porque llevas a mi hijo en tus entrañas.

–Porque no sabía que eras tú con quien estaba... esa noche, en el baile de máscaras –replicó ella.

–Eso dices tú.

–Casarnos sería un desastre para los dos –insistió Allegra con tono amargo.

–Podría ser, pero te casarás conmigo antes de que nazca el bebé. Y seguirás casada conmigo durante un tiempo. Después, nos divorciaremos tan rápida y civilizadamente como sea posible.

–Para mis padres no hay nada civilizado en un divorcio.

–Ya me imagino. Son muy católicos, ¿no?

Ella hizo una mueca.

–A sus ojos, estaría casada contigo para siempre.

–Lo siento, pero mi necesidad de tener un heredero es más importante.

Allegra lo miró, perpleja.

–¿Crees que voy a pasar un par de años de mi vida pudriéndome en un castillo?

–Es más bien una villa, una casa grande.

–Y solo eres un duque. Se supone que debía haberme casado con un príncipe.

–No era el príncipe el que te tuvo contra una pared –replicó Cristian–. Dudo que lamentes no casarte con él.

–Eso es como admitir que estabas equivocado, ¿no? Al fin y al cabo, fuiste tú quien instigó ese compromiso.

–No me equivocaba porque sabía que era bueno para ti. Por otro lado, la química entre dos personas es más difícil de predecir y está claro que no sentías pasión por él.

–¿Por qué crees eso?

–El hijo que esperas no es hijo suyo. Si lo fuera, no habrías roto el compromiso. ¿Qué otra conclusión puedo sacar, aparte de que no te acostabas con él?

Ella lo miró con una expresión indescifrable.

–Tal vez no sea hijo tuyo. Tal vez hago el amor con muchos hombres en cualquier pasillo. Tal vez solo sé que no es hijo de Raphael porque es un caballero y no se atrevió a tocarme.

–¿Sigues intentando venderme esa historia?

–Podría ser cierto –Allegra sacudió la cabeza, con su oscuro cabello brillando bajo las luces–. No me conoces, Cristian. Al menos, no conoces a la mujer en la que me he convertido. Sigues pensando que soy una niña, pero tengo veintidós años.

Él se rio, sintiéndose de repente muy viejo. Anciano.

–Ya.

–Soy una mujer, pienses lo que pienses.

–Sé muy bien que eres una mujer.

Le alegró ver que se ruborizaba, pero al mismo tiempo sus entrañas se encogieron de deseo.

Por Allegra Valenti.

Era inaceptable.

–Bueno, otros hombres también lo saben por experiencia propia.

No la creía. Y, sin embargo, pensar en ella con otros hombres lo enfurecía. Solo podía atribuir ese sentimiento posesivo a que iba a tener un hijo suyo. Y a que era la primera mujer con la que había tenido relaciones en mucho tiempo.

–O tal vez –empezó a decir, observándola atentamente– estás tan segura porque eras virgen.

Cristian revivió esa noche de nuevo. Era tan estrecha... había creído que gemía de placer, pero empezaba a preguntarse si estaría en lo cierto.

Pensar eso era embriagador. Debería sentirse disgustado consigo mismo, pero no era así. Se preguntó entonces si de verdad estaría bajo un hechizo, algún tipo de magia negra.

–Eso es ridículo –replicó ella.

–Yo no lo creo.

–¿Quién perdería la virginidad de ese modo? Qué tontería.

–Tal vez una mujer que iba a casarse con un hombre del que no estaba enamorada –replicó Cristian. Allegra no dijo nada y él tuvo que apretar los dientes para contener un gruñido de triunfo–. Entonces es hijo mío.

–Yo no he dicho eso.

–No hace falta –dijo Cristian, mirándola a los ojos–. Me darás un heredero legítimo y luego podrás seguir adelante como si no hubiera pasado nada.

–¿Qué estás sugiriendo, que te ceda la custodia de nuestro hijo?

–Un heredero de la familia Acosta debe ser educado en la tierra de sus antepasados.

–Eso es ridículo –replicó ella, cruzando los brazos bajo el pecho–. No voy a darte la custodia de mi hijo.

–Cuando nos hayamos divorciado tal vez podría instalarte en la zona de empleados.

–No te atreverías.

—¿Tienes pruebas de que me atrevo a todo y sigues desafiándome?

Ella giró la cabeza, indignada, y Cristian apretó los dientes. Era tan bella... lo había sido desde que se convirtió en una huraña adolescente. Tenía la impresión de que su familia no entendía sus cambios de humor, que no notaban su desasosiego cada vez que mencionaban su boda con el príncipe. O la tormenta que brillaba en sus ojos cada vez que discutían su futuro.

Aunque desaprobaba su actitud, siempre la había encontrado bellísima, pero en ese momento era algo más. Cuando la miraba solo veía a la seductora que lo había recibido en el baile de máscaras, la que lo había tocado como si fuese un milagro para ella.

«Y lo había sido porque era virgen».

Cristian sacudió la cabeza. ¿Por qué se sentía como un villano?

—Cuando lleguemos a España te regalaré un anillo de compromiso y empezaremos con los preparativos de la boda.

—Aún no he aceptado casarme contigo. Parece que no lo quieres entender.

—No estoy esperando que estés de acuerdo, no me hace falta.

—Sí te hace falta. Mi exprometido era un príncipe y ni siquiera él pudo obligarme a contraer matrimonio. Y, desde luego, tú tampoco vas a hacerlo.

—Hablemos de tus expectativas, que tú crees tan abundantes. Podrías volver a Italia como madre soltera y enfrentarte a una batalla legal por la custodia del bebé. Y creo que tus padres se pondrían de mi lado, así que tendrías la batalla perdida —Cristian la vio palidecer y se sintió como un canalla, pero siguió adelante–. Si quieres ver a tu hijo sugiero que aceptes que has cambiado un compromiso por otro. Pero el nuestro será un matrimonio de conveniencia, nada más. No tengo intención de tocarte.

Ella no dijo nada. Se limitó a seguir mirando por la ventanilla, parpadeando furiosamente como para contener las lágrimas. Y, de nuevo, Cristian se sintió como un villano. Pero no era un villano, solo estaba siendo práctico.

–¿Nada que decir?

–Has dejado bien claro que yo no tengo nada que decir –respondió Allegra, sin mirarlo.

Capítulo 4

U N LUJOSO coche los esperaba en el aeropuerto para llevarlos hasta las afueras de Barcelona.

Cristian había dicho la verdad, la casa era más una mansión que un castillo y no había nada viejo o mohoso. De hecho, no pegaba nada con su propietario. Era un sitio alegre, lleno de luz, con enormes ventanales frente al mar.

Muy diferente a la casa de sus padres en Italia. Allí no había paredes de madera oscura, raídas alfombras que habían sobrevivido al paso de los siglos, cuadros con escenas de la Biblia o retratos de antiguos antepasados. Todo era blanco, nuevo y moderno. Y, considerando la reliquia que era Cristian, eso casi la hacía reír.

—Esta no es la casa de tu familia.

—No, es la mía.

—¿Y todo eso de que tu hijo tenía que estar en la sagrada propiedad de los Acosta?

—Los españoles a veces exageramos, pero necesito que mi hijo nazca en España y estando casados. Sea en las ruinas de mi familia o no, me da igual.

—¿El castillo está en ruinas?

—No, pero es muy antiguo y no tengo el menor deseo de vivir allí. Hay varios empleados que se encargan de atenderlo y también un capataz que controla las granjas y a los arrendatarios. Mi madre no ha vuelto por allí y, como sabes, mi padre murió hace años.

Hablaba de sus padres con estudiada neutralidad, pero ella sabía que no era accidental. Ocultaba la verdad, fuese cual fuese.

—Mis padres están casados con los viejos pasillos de la casa familiar. Jamás se les ocurriría vivir en otro sitio. De hecho, si muriesen y Renzo la vendiera, mi padre nos perseguiría desde la tumba arrastrando cadenas.

Cristian la estudió con un extraño brillo en los ojos.

—¿Crees que tu padre arrastrará cadenas en la otra vida?

—Me he puesto un poco melodramática. Los italianos somos muy exagerados.

Él levantó la mirada y Allegra comprobó que eran de color café, que no eran negros del todo, que había humanidad tras ellos.

—Mi padre seguro que arrastrará cadenas. Si hay justicia en la otra vida, claro.

—Espero que la haya, porque no suele haberla en esta.

Él señaló alrededor.

—¿Esta situación te parece injusta?

—¿Cómo voy a pensar de otro modo?

—Estás en una mansión fabulosa, en uno de los sitios más bonitos de España. Vas a casarte con un duque multimillonario que dará legitimidad a tu hijo... no creo que mucha gente se sintiera perjudicada.

—Yo no he elegido esta situación y esos que no se sentirían perjudicados no te conocerían tan bien como yo.

Él dio un paso adelante, con los ojos brillantes como diamantes negros.

–Y tú me conoces muy bien, ¿no? Íntimamente.

Allegra notó que le ardía la cara. Odiaba que pudiese afectarla de tal modo.

–No creo que eso cuente. Pensaba que eras la muerte.

–Muy romántico, conquistar a la muerte dominándola. Pero tú ni siquiera me has domesticado.

–Y si alguna vez te domestican espero no ser yo. No me apetece tener que estar contigo como un niño tiene que estar pegado a un perro que lo sigue hasta su casa.

En cuanto Cristian dio un paso adelante supo que había cometido un error e intentó retroceder, pero al chocar con la pared recordó aquella noche, cuando Cristian puso las manos sobre ella, cuando le hizo perder la cabeza, y la virginidad, en aquel oscuro corredor.

–Yo no soy un perro –dijo él en voz baja. Estaba tan cerca que podía sentir el calor que irradiaba su cuerpo, pero no la tocó. Y, abochornada, tuvo que reconocer que quería que la tocase–. Creo que lo que va a pasar es que yo te dominaré a ti, Allegra. Creo que eres tú quien debe ser doblegada –Cristian inclinó a un lado la cabeza, estudiándola atentamente–. Incluso ahora me deseas. Puedes decir que no sabías quién era, puedes decir que me desprecias, pero yo sé que me deseas tanto ahora como entonces. Incluso sabiendo quién soy –añadió, apartándose y sonriendo cuando ella dejó escapar un suspiro–. Muy interesante.

–No hay nada interesante en esta situación. Más bien, desagradable.

Cristian y ella siempre se habían llevado mal, pero aquello era nuevo y tan punzante que temía que la rompiese por la mitad.

–Tan desagradable que quieres que te haga mía ahora mismo. ¿Qué dice eso de ti?

Allegra apretó los dientes, intentando templar su humillación.

–No intentes seducirme, Cristian. Aceptaré este matrimonio, pero no vas a tocarme. Y no nos casaremos por la iglesia. Hasta yo tengo mis límites.

–Una pena, porque yo no.

–El estado de tu alma inmortal es asunto tuyo, pero me gustaría que la mía siguiera tan limpia como sea posible –replicó Allegra. Mentir en una iglesia era demasiado para ella–. Tendremos que contárselo a mi familia.

–Tus padres me aprecian mucho.

–Creo que apreciaban más al príncipe con el que iba a casarme. Tú eres un duque, estás un paso por detrás.

Cristian se encogió de hombros.

–España es un país mucho más grande que Santa Firenze, así que yo diría que estamos a la par. Pero, si no estás dispuesta a mantener relaciones conmigo, debes saber que buscaré placer con otras mujeres.

Allegra tuvo que tragar saliva. Imaginárselo con otra mujer, una pálida rubia totalmente diferente a ella, la enfurecía. ¿La empujaría contra una pared? ¿Perdería la cabeza?

Había sido apasionado con ella, tanto como para olvidarse del preservativo cuando él mismo admitía tener experiencia. Además, había estado casado. Pero estaba empezando a pensar en otras mujeres.

No debería molestarle. Al contrario, debería alegrarse de que quisiera buscar alivio en otro sitio, pero no le gustaba nada.

–Me da igual lo que hagas o con quién lo hagas.

–¿Seguro? No lo parece –murmuró él, burlón.

–Puedes creer lo que quieras. Me da igual lo que hagas con otras mujeres, mientras no me incluyas a mí.

–Nunca he tenido sexo en grupo, pero podría cambiar de opinión –Cristian se inclinó un poco, bajando la voz–. La última vez solo tuvimos unos minutos frente a una pared. Piensa en todo lo que un hombre como yo podría hacer en un colchón grande y blando. Podría tenerte debajo de mí... encima de mí, delante de mí.

Allegra sintió que le ardía el rostro y estaba segura de que iba a estallar en cualquier momento. Era irritante y humillante. Irritante porque intentaba conseguir una reacción y humillante por la misma razón. No la deseaba, quería sacarla de sus casillas, como siempre.

–No voy a ser un accesorio que te pongas sobre el cuerpo como una capa de armiño –replicó.

Cristian soltó una carcajada.

–Muy evocador. El único problema es hacer creer a la gente que yo te elegiría como esposa.

–¿Por qué? Pertenezco a una familia muy respetada y me educaron para ser una princesa.

–Y, sin embargo, ahora todo el mundo conoce tus defectos. Saben que o el príncipe se cansó de ti o tú le fuiste infiel.

–También podrían involucrarte a ti –replicó ella–. No le fui infiel sola. Eso sería muy difícil.

–Y una imagen muy excitante.

Allegra sintió que le ardían las mejillas.

–No sigas por ahí. Nada de esto es justo.

–El mundo no suele ser justo con las mujeres, supongo que lo sabes.

–Tal vez deberías buscar a otra mujer para tener al sagrado heredero de los Acosta. Sería lo mejor. Ya has demostrado que no tienes problemas para engendrar.

–¿Estás sugiriendo que sustituya este hijo por otro? Nunca. A mi hijo no le faltará de nada y no será ilegítimo. No le negaré sus derechos de nacimiento, eso no es negociable.

Sin darse cuenta, Allegra empezó a arrancarse la pintura de las uñas. ¿Para qué se había hecho la manicura? ¿Para qué presentar un exterior perfecto ante el mundo cuando, en realidad, nada en ella era perfecto? Estaba empezando a resquebrajarse como la laca de sus uñas y eso la asustaba. Porque, si pasaba eso, ¿cómo iba a ocultarlo?

–No sabía que tener un hijo fuese tan importante para ti.

–Me casé muy joven con la esperanza de tener un hijo, pero la mala salud de Sylvia lo hizo imposible y cuando murió me quedé sin esposa y sin heredero.

–Lo siento –dijo ella. Era difícil ser antipática con él o incluso verlo como un demonio cuando estaba hablando de la muerte de su esposa–. Pero sabes que no puedes reemplazarla conmigo. Esto no es un arreglo del pasado.

–No, claro que no –admitió él, en un tono lleno de desdén–. No te pareces nada a ella.

Ese desdén tocó la parte más necesitada de Allegra, la que buscaba una aprobación que no tendría nunca, y la hizo sentir a punto de romperse.

–Debiste de quererla mucho –murmuró.

–Era mi mujer –dijo él sencillamente.

No era una respuesta y no creía que fuese accidental.

–No sabía que ser padre fuese tan importante para ti.

–Ser padre es esencial para mí. Es importante per-
petuar mi linaje y dejar mis propiedades a futuras
generaciones, pero si crees que pienso pasarme la
vida cambiando pañales estás muy equivocada.

–¿Perdona?

–¿Pensabas que quería un hijo por una cuestión
sentimental? Es un deber, sencillamente.

–Pero has dicho que no podrías reemplazar a este
hijo con otro.

–Es una cuestión de honor, Allegra. No voy a robarle sus derechos a mi primogénito o primogénita.
No lo relegaré a la ilegitimidad porque no he podido
llegar a un acuerdo con su madre. Pero soy un hombre
muy frío. Un niño se congelaría en mis brazos.

–¿Por qué dices eso?

–Es la verdad. Fui un marido espantoso, incapaz
de darle a Sylvia lo que necesitaba, lo que me pedía.
¿Por qué iba a ser diferente con un hijo?

–¿Por qué crees que... eras incapaz? No lo entiendo.
Ella siempre parecía feliz contigo. Y tú con ella.

–No, ella era muy infeliz –respondió Cristian con
tono serio–. Y yo no podía solucionarlo.

–¿Lo intentaste?

Él la miró, sus ojos eran duros y negros como la
noche.

–Claro que lo intenté, pero no lo suficiente. No sé
manejar cosas delicadas.

–Los niños son muy delicados –le recordó ella.

–Lo sé.

–Pensabas echarme de tu casa y has dicho que el
niño debería vivir aquí. ¿Quién pensabas que criaría a
nuestro hijo?

–Contrataré a una niñera con experiencia y alta-
mente cualificada.

Allegra intentó controlar la ansiedad, el resentimiento y el miedo que le produjo esa afirmación. No sabía cómo ser madre, pero siempre había pensado que lo sería. No se había imaginado que se quedaría embarazada tan pronto, pero así era y sabía que quería tener ese hijo.

–¿Quién está más preparado para criar a un niño que su propia madre?

Ella era la madre de ese hijo y haría todo lo que estuviese en su mano para protegerlo. Aunque todo lo demás fuese incierto, esa realidad no lo era.

–¿Alguien con un título en educación infantil? –sugirió Cristian.

Allegra se rio. No porque fuese gracioso, sino porque le sorprendió tan absurda respuesta.

–¿Crees que alguien con un título está mejor preparado para cuidar de nuestro hijo que yo?

–Mejor que yo, desde luego. No puedo hablar por ti, pero estabas dispuesta a ser una princesa y no te imagino cambiando pañales.

Ella sacudió la cabeza.

–Tú no sabes quién soy, Cristian. Te has hecho la idea de que soy una niña mimada, pero en realidad no me conoces en absoluto.

–¿Y por qué iba a pensar que eres una niña mimada? ¿No será por nuestras discusiones?

–¿Cuántas veces hemos discutido? –preguntó ella.

–Por ejemplo, la última Navidad, cuando me mandaste al infierno.

–¡Porque dijiste que con ese vestido parecía una pastora dispuesta a levantarse la falda para el mozo de cuadras!

Él esbozó una sonrisa.

–Ah, es verdad.

A Allegra le sorprendió que lo recordase. Había supuesto que no era nada para él, que olvidaba todas sus discusiones en cuanto salía de la casa.

—Y me diste una charla por ser antipática con Raphael en una fiesta que organizaron mis padres.

—Raphael era tu prometido, el hombre con el que ibas a pasar el resto de tu vida, y actuabas como si fuera una mosca que no querías en tu plato.

—Y te molestaba porque eso podría dar una mala imagen de ti, ¿no?

—Naturalmente.

—Nunca tienes en cuenta mis sentimientos. Crees que porque mis padres arreglasen mi matrimonio con un príncipe debo ponerme de rodillas para darles las gracias.

—No —dijo él con tono grave—. Creo que deberías dar las gracias a tus padres por haberse preocupado tanto por ti, por estar convencidos de lo que quieren para ti, por creer que podrías soportar la presión de ser una princesa. Creían en ti. Aunque tú no puedas verlo, eso es algo que no tiene todo el mundo.

Allegra se preguntó si estaría hablando de sí mismo. Sabía que su padre era un hombre mayor cuando nació y que su madre no había sido precisamente maternal. Además, desde muy joven pasaba las vacaciones con los Valenti, no con su propia familia.

—Jamás me han preguntado lo que yo quería.

—¿Estás diciendo que no te habrías casado con Raphael?

Ella negó con la cabeza.

—No, me habría casado con él porque mis padres me lo pidieron y porque sé que esperaban que obede-ciese sin protestar —Allegra respiró profundamente mientras miraba el mar—. Dime cuál es mi habitación, por favor. Estoy agotada y no quiero seguir discutiendo.

Además, no había nada que discutir. Había hecho un trato con el diablo, había aceptado casarse con él por su hijo y esa sería su vida. Pero esa vida era también una ruta de escape, así que pensaría en eso y nada más.

Capítulo 5

QUÉ está pasando, Cristian? No he sabido nada de ti desde que te fuiste de mi despacho y ahora me entero, por rumores, de que te has llevado a mi hermana a España.

Allegra y él solo llevaban cinco horas en España, pero, al parecer, la noticia había corrido como la pólvora.

—Tú no eres tonto, Renzo —respondió Cristian, mirando por la ventana del estudio—. Supongo que ya te imaginas lo que pasa.

—¿Estás diciendo que tú eres el padre del hijo de Allegra?

—Eso parece.

—Entonces, me alegro de que te hayas ido a España o estaría en tu casa ahora mismo, dispuesto a matarte.

—Entonces, tu sobrino se quedaría sin padre. ¿Y de qué serviría eso?

—¿Cómo te atreves? —Renzo apenas podía contener su ira—. ¿Cómo te has atrevido a tocarla? Ella no es lo que tú crees. Es mucho más inocente y más idealista de lo que debería ser.

Cristian se pasó una mano por la frente.

—Te aseguro que no era mi intención desflorar a tu hermana. Hubo una confusión de identidades. O más bien, fue un caso de dos personas que no querían conocer la identidad del otro.

–¿Debo creer que ni siquiera sospechaste que era Allegra?

La pregunta de su amigo lo hizo pensar.

–No tengo interés en niñas mimadas que están prometidas con otro hombre.

Al otro lado de la línea hubo una pausa y Cristian tuvo la impresión de que Renzo estaba pensando en contratar a un matón para quitarlo de en medio.

–¿Qué piensas hacer?

–Casarme con ella, por supuesto. Tengo el anillo en la mano ahora mismo –Cristian tomó la cajita de terciopelo del escritorio y levantó la tapa. En el interior descansaba el anillo más ostentoso de la colección familiar, enviado desde el castillo esa mañana.

Pensaba dárselo esa noche, durante la cena que su equipo había preparado. Allegra estaba enfadada con él y era comprensible porque no se le daba bien cazar moscas con miel. Lo suyo era el vinagre, pero sabía que eso tenía que cambiar. Allegra era la madre de su hijo y no había razón para que no pudiesen vivir juntos en paz.

–¿Y ella ha aceptado? –preguntó Renzo.

–Sí –respondió él.

–No lo creo. Mi hermana te odia.

–Sigue odiándome, pero no es tonta. Sabe que no puedo permitir que mi hijo nazca fuera del matrimonio. Entiendo que esto podría dañar nuestra amistad, pero es lo que debo hacer.

–Esto no dañará nuestra amistad tanto como dejar embarazada a mi hermana y luego echarla a los lobos. La vida que mis padres habían imaginado para Allegra no era la vida que yo quería para ella –le confió Renzo–. Solo porque es una mujer se espera que olvide sus sueños y aspiraciones y contraiga un matrimonio ventajoso, como si estuviéramos en el siglo XVIII.

–También tú tendrás que casarte tarde o temprano.

–Y, sin embargo, a mis padres no les preocupa con quién me case. Podría hacerlo con cualquiera.

–Pero no lo harás.

Renzo se rio.

–Subestimas mi desvergüenza. Pienso casarme con la mujer menos indicada y voy a esperar al menos veinte años antes de hacerlo.

Cristian nunca había entendido por qué Renzo se negaba a tomar en consideración los deseos de sus padres. Su amigo no tenía idea de lo afortunado que era.

–Cuando volvamos a hablar, tu hermana y yo estaremos prometidos de forma oficial. Después hablaré con tus padres.

–¿Por qué la has llevado a España?

–En parte porque así tú no podrías matarme inmediatamente, pero también porque estaba siendo menos razonable de lo que había anticipado.

–No sigas hablando o te mataré con mis propias manos. Y no perderé el sueño por ello.

–Entonces no hablaremos más –dijo Cristian–. Y ahora, si me perdonas, tengo que prometerme con tu hermana.

–Me alegro tanto de que esté aquí –María, que acababa de presentarse como el ama de llaves de Cristian, sonreía mientras colocaba una funda de traje sobre la cama–. Estos últimos años ha estado tan triste... demasiado. No es bueno que un hombre esté solo.

Allegra se imaginó que Cristian preferiría estar solo a estar con ella, pero no iba a decirlo.

—Me alegro de que ya no sea así –murmuró, mirando la funda del traje.

—El vestido es para esta noche –le informó María, como si le hubiera leído el pensamiento.

—No sé si necesito un vestido especial para cenar.

—Pues claro que sí. Cristian me ha dicho que debía ponerse algo bonito y lo he elegido yo misma. Espero que le guste.

Allegra sacudió la cabeza.

—Seguro que sí.

—Bueno, la dejo sola para que se vista.

El vestido, de encaje rojo, era un poco exagerado para su gusto, pero muy bonito. Ceñido, con manga larga y un escote en forma de corazón que se ajustaba a su busto de una forma muy sensual.

Observó su cintura frente al espejo, preguntándose cuánto tardaría en empezar a notarse el embarazo. Estaba de ocho semanas, pero por el momento no se notaba nada. Era tan raro; la pequeña criatura que crecía en su interior lo había cambiado todo y ni siquiera tenía la deferencia de dar señales.

Una vez vestida se arregló el pelo y se maquilló ligeramente, utilizando los productos que encontró en el baño: sombra dorada, delineador negro y un carmín rojo, a juego con el vestido.

Por supuesto, Cristian pensaría que lo había hecho para él. Y lo atribuiría a su incontrolable atracción por él, que sencillamente no existía.

Tomó aire y abrió la puerta del dormitorio para dirigirse a la escalera, caminando despacio porque el vestido, que le llegaba justo por la rodilla, limitaba sus movimientos.

Cristian la esperaba abajo y el pulso que empezó a latir entre sus muslos la llamó mentirosa.

Las cosas habían cambiado. Era imposible que no fuera así cuando sabía lo que él podía hacerle sentir. No lo había visto sin ropa y no había visto su cara. No sabía cómo era su expresión en los momentos de placer porque había estado oculta tras la máscara. No sabía cómo eran sus besos porque su boca estaba cubierta y, sin embargo, sus cuerpos se habían unido de la forma más íntima.

Toda su vida había cambiado desde ese momento.

—Esperaba que bajases hecha una furia —dijo Cristian.

Allegra frunció el ceño.

—¿Por qué? Sé cómo vestirme, particularmente cuando recibo una invitación para cenar.

—Y estoy agradablemente sorprendido —Cristian alargó una mano y ese gesto la devolvió al salón veneciano, cuando extendió una mano enguantada en su dirección, el momento en el que había consentido en ser llevada al inframundo—. ¿Vienes?

Para Allegra era como si estuviese pidiéndole su alma y no solo su mano.

Los brazos le pesaban como plomos y no podía volver a aceptar la oferta cuando los recuerdos de esa noche daban vueltas en su cabeza, haciendo que se sintiera mareada.

—O puedes seguirme, lo que tú prefieras —Cristian dejó caer la mano a un costado y la llevó a la terraza, donde había una mesa para dos. Y sobre ella vio sus platos favoritos: ensalada verde rociada de queso con un aderezo de vinagreta, pasta casera y finas láminas de ternera asada.

—¿Cómo lo sabías?

—He cenado muchas veces en casa de tus padres y soy observador.

Algo en esa respuesta hizo que se le encogiese el corazón, pero no debía darle más importancia.

–No creo que prestases tanta atención a lo que comía.

–O tal vez he llamado a tu hermano para preguntarle. Decide tú qué es lo más sensato –Cristian apartó una silla–. Siéntate, por favor.

La hacía sentir culpable, como si fuera ella quien estaba haciendo algo malo cuando era él quien la había coaccionado para que aceptase ese matrimonio amenazando con quitarle la custodia de su hijo.

–Tiene un aspecto estupendo –murmuró, casi atragantándose.

–Mis empleados son muy profesionales.

–Comida italiana y española.

–He pedido que hicieran lo que más te gusta.

Lo había dicho casi con frialdad y, sin embargo, Allegra no pudo dejar de sentirse emocionada. Era como si de verdad quisiera que se sintiese cómoda allí y estaba atrapada entre dos sensaciones, la de sentirse cuidada y encerrada.

–¿No crees que tal vez deberíamos retrasar la boda?

–No por mucho tiempo. No quiero fotografías de ti en la iglesia a punto de dar a luz. Esas serán las fotografías que verá nuestro hijo algún día y, aunque me imagino que en algún momento podrá sumar dos y dos, prefiero que no sea tan evidente. En la era de Internet no se puede guardar ningún secreto.

–No estoy diciendo que nos casemos justo antes del parto, pero tal vez podríamos esperar un mes.

–Necesitaremos al menos un mes para los preparativos. La lista de invitados será reducida, pero despertará interés y yo no tengo el menor deseo de ocultar nada.

Allegra se había imaginado una sencilla boda por lo civil, pero pensó que seguramente los duques españoles no se casaban de forma tan discreta.

—Ya, pero has estado casado antes.

—Precisamente por eso —Cristian tomó un sorbo de vino—. No quiero que nuestro hijo piense que me casé con su madre a toda prisa y con menos pompa que con mi primera esposa.

—Pero eso es lo que va a pasar.

—Las apariencias son esenciales cuando vives de cara al público. De hecho, a menudo son más importantes que la realidad.

Ella lo sabía muy bien; esa era la razón por la que sus padres siempre estaban molestos con Renzo, que era un redomado donjuán. Su exitosa vida profesional compensaba sus aventuras, pero Allegra sabía que el público no sería tan condescendiente con ella.

—Lo entiendo, pero... supongo que podríamos decir que estamos muy enamorados y teníamos que casarnos lo antes posible.

Él esbozó una sonrisa irónica.

—Eso sería más fácil si no estuviéramos planeando divorciarnos en un par de años.

—Casarse rápido y divorciarse igualmente rápido. Un romance apasionado.

—Aunque tiene sentido, insisto en que hagamos esto bien.

Siguieron comiendo en silencio. Allegra nunca sabía qué decir. Cada vez que iba a cenar a casa de sus padres ella se limitaba a escuchar mientras Renzo y él intercambiaban historias y sus padres los miraban encantados.

Pero ella no. Siempre temía decir algo inapropiado y, cuando hablaba, inevitablemente así era. O no tenía la respuesta que todos esperaban o terminaban peleándose. Así era siempre con Cristian.

La cena era excelente y Allegra comió más de lo que debería. Se preguntó entonces si esperarían que llevase el vestido que habían elegido para su boda con el príncipe... no, ya no le sentaría bien. Estaba embarazada y no iba a ponerse a dieta.

A su madre iba a darle un ataque.

Cuando terminaron de cenar, Cristian se levantó y sacó algo del bolsillo de la chaqueta. Era una figura imponente iluminada por el sol que se ocultaba tras el horizonte. Llevaba un traje oscuro como era habitual y, sin embargo, veía algo diferente en él. Tal vez porque habían sido amantes, aunque usar esa palabra era exagerar demasiado.

El sexo contra una pared no era amor y estar con un hombre en una sola ocasión, sin saber quién era, no era lo mismo que ser su amante.

Cuando sacó del bolsillo una cajita de terciopelo, se le detuvo el corazón durante una décima de segundo.

–Cristian...

Pero antes de que pudiese protestar, él clavó una rodilla en el suelo y abrió la tapa de la cajita para mostrar un anillo de intricada filigrana de oro con una esmeralda en el centro.

–Tenemos que hacerlo oficial –dijo con voz ronca–. Si la nuestra va a ser una boda de verdad, nuestro compromiso también debe serlo.

Sacó el anillo de la caja y lo sujetó entre el índice y el pulgar para admirar el fuego que brillaba en el interior de la esmeralda antes de ponerlo en su dedo.

–Serás mía. Serás mi esposa –anunció con tono firme–. Di que sí, querida.

Allegra tenía la garganta cerrada, de modo que se limitó a asentir con la cabeza.

Era la primera vez que un hombre clavaba la rodilla en el suelo para pedirle en matrimonio. Raphael no lo había hecho. Aunque, en realidad, Cristian no le había propuesto nada; le había dicho que sería suya y ella había asentido. Nada más.

Cristian siempre conseguía lo que quería y ella no era una excepción. Cuando le ofreció su mano enguantada, la había aceptado. Cuando le exigió silencio, había permanecido callada. Cuando en la terraza, frente al mar, había pedido su mano, de nuevo había dejado que se saliera con la suya.

Pero Cristian sonrió entonces y Allegra experimentó algo que no había experimentado antes. Le sonreía de un modo sensual, ardiente. La sonrisa parecía dirigida a la mujer del baile de máscaras y no a la hermana de su amigo, a quien apenas podía soportar.

—Si los paparazzi nos están siguiendo tendrán algo auténtico —dijo Cristian entonces con tono triunfal.

—¿Qué?

—Ahora eres noticia —respondió él volviendo a sentarse—. Seguramente habrá algún paparazzi escondido entre los árboles con un teleobjetivo tras el escándalo que provocó tu ruptura con Raphael.

—Entonces, ¿todo esto era un numerito para los paparazzi?

Eso la enfurecía. Sí, sabía que no había nada entre Cristian y ella, pero la había dejado embarazada, le había propuesto matrimonio y que siguieran juntos durante dos años. Y por un momento, solo por un momento, le había hecho sentir algo. Como si estuviese mirándola de verdad, como si la viera. Y al final todo era una mentira.

Sin pensar en lo que hacía, con el corazón latiéndole violentamente, las manos temblorosas y el estómago tan encogido que no podía respirar, se levantó
de la silla para colocarse frente a él.

–Si quieres dar espectáculo vas a tener que hacerlo
mucho mejor. Has olvidado la parte más importante
de la proposición.

Cristian, sorprendido, echó la cabeza hacia atrás
para mirarla.

–No, yo creo que no –respondió, rozando su dedo
anular–. ¿No llevas mi anillo?

–No es el anillo –dijo ella mientras sujetaba su
cara entre las manos–. Es esto.

Y entonces se inclinó hacia delante y se apoderó
de sus labios.

Capítulo 6

CRISTIAN sintió como si hubieran prendido una llama en su interior... y el fuego iba subiendo lentamente, buscando salida. Los labios de Allegra eran suaves, el beso tímido e inexperto, pero estaba desatándolo por completo.

No se habían besado antes. Había estado dentro de su cuerpo, había sentido la presión de su boca en el cuello y el torso, pero nunca había probado sus labios.

Era a la vez la inocencia y el pecado, y sabía que así era como un hombre entraba por las puertas del infierno; con el beso de una seductora enmascarada de ángel, con su inexperiencia disfrazando la lujuria que ocultaba.

Lo sabía, pero aun sabiéndolo no pudo apartarse.

Allegra inclinó la cabeza y rozó las comisuras de sus labios con la punta de la lengua hasta que Cristian, por fin, abrió la boca para permitir el beso. Jadeando, le sujetó las caderas mientras ella enredaba su pelo entre sus dedos, besándolo con una desesperación que compensaba su falta de experiencia. ¿Alguna mujer lo había besado así alguna vez? No, nunca. De ser así lo recordaría.

Su mujer. Se había olvidado de su mujer, pensó, sintiéndose culpable. Sylvia había muerto tres años antes, pero eso no era excusa. Sylvia era la mujer a la que había hecho promesas, la mujer a la que había defraudado. La última mujer, antes de Allegra, a la que había besado.

«Pero Allegra será tu esposa y es la madre de tu hijo».

Y, si no tenía cuidado, la destrozaría como hacía con todo lo demás.

—Ya está bien —murmuró, apartándose—. Eso sería suficiente para convencer a cualquiera.

Allegra tenía los labios hinchados, el cabello despeinado. Se parecía a la criatura lujuriosa que había conocido en el baile de máscaras; una desconocida que, sin embargo, le resultaba demasiado familiar. Pero, por supuesto, no sabía quién era. De haberlo sabido jamás la hubiera tocado.

Cristian apretó los dientes, luchando contra la bestia que había dentro de él, luchando por no mirar sus labios.

—¿Te besó alguna vez? —le preguntó. No debería haber hecho esa pregunta. Debería levantarse y poner tanta distancia entre los dos como fuera posible.

—¿Quieres saber si Raphael me besó?

—A menos que hayas tenido otro prometido del que yo no sé nada...

—Pues claro que sí —respondió ella en tono defensivo.

—¿Cómo?

Estaba arriesgándose con cada palabra, pero saber eso no contenía su deseo. Demonios, él se había apartado y se merecía algo por ello.

—¿Qué quieres decir? —preguntó Allegra, entre irritada y desconcertada.

—¿Te besó en los labios como acabo de hacer yo? ¿Deslizó la lengua por la tuya, te saboreó como si fueras un postre? —insistió Cristian, cada sugerencia atizaba más el fuego de su deseo–. ¿O te besó en la frente como si fueras una niña?

–Eso no es asunto tuyo.

–Entonces, te besó como a una niña –afirmó él, viendo un brillo de ira en sus ojos. Eso, al menos, era algo familiar–. ¿Te han besado de verdad alguna vez?

–Por supuesto que sí.

–¿Antes de nuestro beso?

–Eres insoportable –Allegra se dio la vuelta y él se levantó del asiento para seguirla.

–Intenta no destruir la ilusión.

–¿Qué ilusión? –preguntó ella sin darse la vuelta.

–La de que somos felices. La de que te sigo para hacerte el amor sobre el primer mueble que encontremos.

Cuando entraron en la casa, Cristian cerró la puerta y pulsó el botón que bajaba las cortinas.

–Ahora puedes decirme lo que quieras.

–Estoy demasiado cansada como para seguir discutiendo. Quiero irme a la cama. Sola.

–Lo dices como si hubiera otra opción. Puede que te sorprenda, pero no soy un perverso seductor –replicó Cristian, aunque el latido de su cuerpo lo llamaba mentiroso–. No quiero que esta situación te haga daño. Si quieres, podrías dejar al niño a mi cargo, no te juzgaré.

Ella lo miró, perpleja.

–Siempre he querido tener hijos, Cristian. Tal vez no ahora ni contigo, pero siempre he querido ser madre. La situación no es la ideal, pero acepto las consecuencias de mis actos.

–Entonces, espero que no actúes como si fueras una prisionera. Te estoy dando la oportunidad de decidir.

–Haré lo que tengo que hacer. He dejado de fingir que soy perfecta y ya no tengo que comportarme como los demás esperan de mí. Buenas noches.

Después de despedirse se dirigió a la escalera, dejándolo enfadado, excitado y sin el menor alivio.

Durante los días siguientes, Allegra hizo todo lo posible para evitar a Cristian y él tampoco la buscó, de modo que paseó por la casa intentando entretenerse. Pero no sabía qué hacer.

Se sentía vacía, agotada. Su objetivo había sido convertirse en la esposa de Raphael y, de repente, no iba a serlo. En dos años sería la exesposa de Cristian... y después, ¿qué iba a hacer?

A menos que sus padres la ayudasen económicamente no sabía de qué iba a vivir. No tenía una carrera universitaria ni experiencia profesional de ningún tipo. Y eso era... patético. Si tuviese una hija, ¿qué ejemplo sería para ella? Y aunque fuese un niño.

En ese momento empezó a sonar su móvil. Era su madre y seguramente ya sabría que estaba con Cristian. Había evitado ver las noticias, pero no podía seguir evitando a su madre porque era como intentar evitar la mano de Dios, de modo que respondió a la llamada.

–¿Sí?

–Allegra, no entiendo por qué no te has puesto en contacto conmigo.

Ella dejó escapar un suspiro.

–Lo siento, es que todo ha sucedido muy deprisa.

–Cuando nos hablaste sobre la necesidad de romper tu compromiso con Raphael podrías haber mencionado que Cristian era el padre del hijo que esperas.

–No sabía lo que Cristian querría hacer y temía contárselo.

–¿Por qué? No deberías tener miedo de Cristian –respondió su madre con tono helado–. Pero está claro que ya has hablado con él.

–Sí, así es.

–Parece que va a casarse contigo y eso significa que tu padre no tendrá que castrarlo.

–Me imagino que Cristian lo agradecerá.

–No estuvo bien que traicionases a Raphael.

Allegra dejó escapar un largo suspiro.

–¿No estuvo bien porque ya no puedo casarme con él?

–Evidentemente –respondió su madre–. Una Valenti tiene que controlar todas las situaciones y tú no lo has hecho.

Ella apretó los dientes, molesta. Se sentía como una niña recibiendo una regañina por no comportarse, por no saber que debía sentarse erguida, bajar la voz y comer con gracia.

–No, no lo hice.

–En fin, me alegro de que tu hijo no sea de algún artista o algo igualmente horrible, un jugador de fútbol.

–¿Te alegras de que el padre sea Cristian?

–No diría que me alegro, pero, si has cometido una indiscreción, supongo que un duque español es el menor de los males.

–Entiendo.

–Claro que Raphael era un príncipe.

–Y España un país mucho más grande que Santa Firenze –replicó Allegra, repitiendo lo que Cristian había dicho unos días antes.

–Sí, eso es cierto. ¿Cuándo tendrá lugar la boda?

–Creo que dentro de un mes.

–Entonces no hay mucho tiempo para los preparativos.

Allegra se dejó caer sobre la cama.

–No, pero la alternativa es que yo entre en la iglesia como si llevase una pelota de playa bajo el vestido.

–Y eso no puede ser –asintió su madre–. Tendrá lugar en España, supongo.

–Sí, claro.

Cristian había insistido y a ella le daba igual. De hecho, se alegraba de no estar en Italia. Discutir con su madre por teléfono era más fácil que hacerlo en persona.

–Estaremos en contacto. Llamaré al diseñador que te hizo el primer vestido para que haga otro... algo con más sabor español.

–Algo que no se ajuste a la cintura. Aparte de eso, me da igual.

–Perfecto, hablaremos en unos días. Y esta boda tiene que celebrarse. Si no es así, tu padre y yo podríamos vernos obligados a dejar de pasarte tu asignación mensual.

Y después de eso, su madre cortó la comunicación.

Allegra se pasó una mano por los ojos, cansada a pesar de no haber hecho nada en todo el día. Se preguntó si serían los síntomas del embarazo o los efectos de estar en una situación tan extraña. En cualquier caso, quería comer algo.

Daba igual que su pelo estuviese hecho un desastre o que llevase una camiseta ancha y un pantalón de chándal. No tenía que impresionar a nadie y menos a Cristian, que se había apartado después del beso. Nada podía haber dejado más claro su falta de interés.

Luego le había preguntado si Raphael la había besado alguna vez y ella había querido defenderse, pero la verdad era que Raphael nunca la había besado. A menos que contasen los solícitos besos en la mejilla o en la mano, fraternales más que otra cosa. Habían sido besos por obligación.

Quizá debería mirar algunos titulares para averiguar lo que estaba haciendo Raphael. No quería pensar que le había hecho daño porque ella sabía que no era así...

—Parece que Raphael ya te ha reemplazado.

Cristian estaba en la puerta, con unos tejanos oscuros y una ajustada camiseta negra que le quedaba como un pecado.

—¿Qué?

—Nos seguían los paparazzi, como yo había sospechado.

Cuando vio la fotografía, Allegra sintió que le ardía la cara. Estaba besando a Cristian, con los dedos enredados en su pelo mientras él le sujetaba las caderas. Y el enorme anillo de compromiso era bien visible. Era la foto perfecta, aunque fuese una mentira.

A su lado había otra fotografía de una mujer rubia, con aspecto enfadado, siendo empujada hacia un avión por el príncipe Raphael, que llevaba gafas de sol.

—Es estadounidense —dijo Cristian.

—No puede ser.

—Una estudiante de Colorado. Bailey. La princesa Bailey, como será conocida cuando se casen —dijo Cristian, sonriendo. Por supuesto, nada parecía divertirle más que sus problemas.

—Ese no es nombre para una princesa, sino para un perro.

Él se rio.

–¿Estás celosa?

–No estoy celosa, solo sorprendida. Mi reputación y los contactos de mi familia eran muy importantes para él –murmuró Allegra, mirando la fotografía–. No se parece nada a mí.

–No, es verdad. Y también es verdad que para Raphael tu pedigrí era importante.

–Ahora hablas como si yo fuera el perro.

–Es la verdad. Se me ocurrió la idea de presentárselo a tus padres cuando me contó lo difícil que le resultaba encontrar esposa. Yo solo hice las presentaciones y, a partir de ese momento, todo fue sobre ruedas.

–Qué amarga ironía que el compromiso se haya roto por tu culpa. No has dejado de criticarme, pero al final has sido tú quien destruyó mi compromiso con Raphael. Me reiría, pero es difícil mostrarse orgullosa en mi situación.

–De no haber sido yo habrías encontrado a otro hombre.

–Que podría haber practicado sexo seguro.

La mirada de Cristian podría haberla quemado.

–¿Qué haces aquí? Llevas días escondida en tu habitación.

–Tengo hambre y aún no es la hora de la comida en el zoo, así que había pensado hacerme algo en la cocina.

–¿Te sientes cautiva?

Ella dejó escapar un largo suspiro.

–Estoy en una ciudad y en un país que no conozco. ¿Cómo voy a sentirme?

–No seas tan melodramática.

–Ya, claro.

–No quiero que te sientas cautiva, Allegra. Me gustaría llevarte a la playa.

–¿A esta playa? –preguntó ella, señalando la ventana.

–No, tengo una casa en un sitio más discreto, uno que te gustará.

Ella lo miró, pensativa. Le encantaba la playa, pero no así las multitudes.

–Me encanta la playa –dijo por fin.

–Lo sé.

¿Lo sabía? Tal vez estaba dándole demasiada importancia a esa afirmación, pero Allegra se quedó sin aliento.

–Tendremos que tomar el avión, espero que no te importe.

–Pero si hemos llegado hace menos de una semana.

–Eres oficialmente parte de la jet set. Considéralo un premio de consolación, ya que has perdido tu título de futura princesa.

Allegra tragó saliva, intentando ignorar el nudo que tenía en la garganta. Intentando convencerse de que aquel detalle no era importante, porque no lo era.

–Bueno, supongo que es un buen premio de consolación.

–Estupendo –dijo Cristian–. Voy a organizar el viaje y nos iremos esta misma noche.

–¿No vas a decirme dónde vamos?

–Prefiero que sea una sorpresa.

Capítulo 7

CRISTIAN observaba la expresión de Allegra mientras entraban en la enorme casa situada frente al mar, en la isla de Kauai. No era tan grande como su casa de España, pero era un sitio privado rodeado de palmeras, arena blanca y un mar aterciopelado de un vívido color azul.

Era su paraíso personal, privado. Era su casa, no de su familia, y ahí era seguramente donde residía el atractivo. Los paparazzi no lo encontrarían allí y sería bueno para los dos estar en un sitio neutral durante un tiempo.

No tenía sentido disgustarla y no era su objetivo. Tendrían que llegar a un consenso sobre cómo educar a su hijo, de modo que era absurdo pelearse continuamente.

–¿Qué piensas? –le preguntó.

–Es un sitio precioso –respondió Allegra.

–¿Te gusta de verdad?

–Siempre había querido venir a Hawái. Y me gusta mucho.

Cristian experimentó una sensación de triunfo. Había sabido que le gustaría un sitio tropical y también que no había estado nunca. No tenía la independencia de su hermano mayor y no viajaba tanto. Había estado en la Costa Este de Estados Unidos y en la costa de Amalfi, pero nadie la había llevado a la isla tropical de la que ella hablaba con tanta emoción cuando estaba en el instituto.

Sin embargo, él lo había hecho.

—Me alegro.

—¿Desde cuándo tienes casa aquí?

—La compré hace cinco o seis años y he hecho todo lo posible para que fuera un secreto. Como has visto, los paparazzi utilizan cualquier medio para contar algo sobre mi vida, pero aquí no tengo que preocuparme de fotógrafos invadiendo mi privacidad.

—¿Por qué los paparazzi sienten tal fascinación por ti? Nunca has hecho nada malo. Entiendo que persigan a Renzo, pero a ti no.

—Tengo un título nobiliario importante y formo parte de una familia muy antigua. Además, el comportamiento de mi madre es escandaloso y que yo sea su hijo debe de resultarles interesante.

No solía hablar de ella, pero era su madre. Y aunque su comportamiento le parecía temerario como poco, no podía culparla. La vida en el castillo había sido opresiva. Cuando su padre vivía todo el mundo guardaba silencio, haciendo lo posible para no enfadarlo y desatar su furia, pero su furia se había desatado cuando él nació por temor a que no fuese en realidad hijo suyo. Esa era la historia que le habían contado su madre y los empleados del castillo.

Estaba obsesionado con ello, pero nunca se había hecho una prueba de paternidad por miedo al escándalo. Sin embargo, había volcado su ira en el hijo que sospechaba podría ser una traición a su linaje.

Cuando el duque murió, su viuda buscó liberación fuera de España, lejos de su hijo. Y jamás había vuelto. Había pasado casi una década desde la última vez que habló con su madre. Ella no respondía a sus llamadas y le daba igual. Prefería olvidar ese tiempo de su vida.

–Supongo que tiene sentido –dijo Allegra.

–¿No vas a comentar nada sobre el comportamiento de mi madre?

–¿Por qué iba a comentar nada? No la conozco.

–Los famosos siempre despiertan comentarios, cada vez que respiran.

–Nunca he pensado que eso fuera justo.

–Eres parte de una minoría entonces.

–Pues lo seré, pero mi vida siempre ha sido dictada por lo que dirían los demás... gente a la que no voy a conocer nunca. Mi madre está obsesionada con las apariencias –Allegra sacudió la cabeza–. Ayer hablé con ella de ti. No le disgustó saber que me había acostado contigo, solo que hubiera provocado un escándalo.

En realidad, no se habían acostado juntos, pensó Cristian. Habían encontrado alivio contra una pared; un alivio que él necesitaba desesperadamente. No habían tenido el lujo de tumbarse uno al lado del otro, piel con piel, con las piernas enredadas mientras pasaba las manos por sus abundantes curvas.

Pero, por excitante que fuese tan ilícita fantasía, no pensaba hacerla realidad.

–Supongo que es normal vivir como si todo lo que hacemos fuese examinado a la luz pública mientras nos obsesionamos con las cosas que se hacen en la oscuridad.

Cuando Allegra se puso colorada supo que también ella estaba pensando en cosas que los dos podrían hacer en la oscuridad.

–Tal vez, estoy muy cansada. Volveremos a hablar durante la cena.

–Estás desesperada por librarte de mí.

Podía ver que necesitaba distanciarse y él necesitaba desesperadamente distanciarse de ella, pero no quería decirlo; al contrario. Quería despertar a la bestia que había dentro de él para dejarla salir de su jaula.

–¿Por qué iba a querer librarme de ti?

–Para no volver a besarme.

Estaba saltándose los límites que habían marcado, aunque sabía por experiencia que era muy fácil hacerlo. Nunca había sido un hombre que se dejase llevar por la pasión. Había tenido amantes antes de su matrimonio, pero no grandes aventuras. Y había elegido a Sylvia como esposa basándose en su compatibilidad. Le gustaba mucho, tal vez porque no le hacía sentir como si estuviera luchando contra sí mismo.

–No creo que haya ningún peligro –replicó Allegra con sequedad.

–Tal vez si llevase una máscara...

–Entonces no podría besarte en la boca.

–Hay otros sitios en los que podrías besarme.

Allegra se apartó de golpe. Pero Cristian sabía que, aunque estaba enfadada, esa no era la única emoción que sentía. Estaba tentándola, como estaba tentándose a sí mismo.

–No, gracias. Estoy demasiado cansada.

–Tal vez cuando estés más descansada.

–Tú no quieres que lo haga. Solo quieres enfadarme, aunque no entiendo la razón. ¿Por qué no podemos llevarnos bien? ¿Por qué tienes que ser un ogro?

Entonces la bestia no solo sacudió la jaula, sino que atravesó los barrotes. Cristian la empujó contra la pared, poniendo las manos a cada lado de su cara.

–¿Crees que no te deseo? ¿Crees que estoy jugando? Dímelo, Allegra, ¿parezco la clase de hombre que disfruta jugando?

Ella negó con la cabeza, sin dejar de mirarlo a los ojos.

–Entonces, ¿por qué crees que estoy jugando contigo? Yo no digo nada que no piense de verdad, no hago promesas vacías.

–Y, sin embargo, prometiste que nuestro matrimonio sería casto, así que me veo forzada a creer que o eres un mentiroso o estás jugando.

–Lo que es sensato hacer y lo que yo quiero son dos cosas diferentes.

–¿Y qué es lo que quieres? –preguntó ella con voz estrangulada, la tensión que había entre ellos latía como algo vivo.

–¿Ahora mismo? –Cristian dio un paso adelante, llevando su aroma con él–. Ahora mismo quiero levantarte el vestido y hundirme dentro de ti. Ningún hombre en la tierra dejaría pasar la oportunidad de tenerte otra vez –añadió, mirándola a los ojos–. Me considero un hombre capaz de controlarse a sí mismo, y, sin embargo, contigo soy un hombre de instintos primarios.

–No te gusto –dijo ella.

–Podría ser por eso, tal vez sea excitante que no me gustes.

–Eso es enfermizo.

–Pero a ti también te gusta –Cristian pasó un dedo por el punto donde le latía el pulso en el cuello.

–Solo quiero descansar un rato –Allegra se apartó y corrió hacia la escalera, subiendo los escalones de dos en dos.

Cristian masculló una palabrota mientras salía de la casa para mirar el mar. Normalmente eso lo calmaba, pero en ese momento no encontraba tranquilidad.

Tenía que controlarse. No tenía sentido avivar la atracción que sentía por ella. Tal vez debería salir y buscar a otra mujer. Y cuando regresasen a España lo haría, pero una cosa era segura: no volvería a perder el control.

Allegra se sentía como si estuviese en la guarida de un león. Y así era, la última vez que estuvo cara a cara con Cristian parecía a punto de comérsela. Pero no era capaz de sentirse disgustada. De hecho, se sentía intrigada, atraída, excitada.

A través de los ventanales vio que el león estaba en la playa, sentado frente a una hoguera, la luz anaranjada iluminaba sus altos pómulos, la cuadrada línea de su mentón.

–¿Qué haces?

–Pensé que te gustaría cenar cerca del agua –respondió él, señalando una mesa.

–Sí, gracias –murmuró Allegra, un poco sorprendida. No sabía cómo conciliar esos momentos de amabilidad con otros llenos de intensidad, rabia y deseo.

–No es pescado. Sé que no te gusta.

¿Lo sabía?

–Gracias por recordarlo.

–Tengo buena memoria –dijo él, como quitándole importancia–. No quiero que estés incómoda.

–Si mi felicidad dependiese de comer bien, aquí sería feliz para siempre.

–¿Es así de sencillo?

–No, si fuera tan sencillo me habría casado con Raphael. No sé si puedes superar al chef de un palacio.

–Lo he hecho yo, así que en eso tienes razón.

–¿En serio? –preguntó Allegra, mirando la bandeja de pollo con verduras.

–Valoro mucho la soledad, así que no me gusta tener empleados alrededor todo el tiempo. Y estos últimos años he vivido solo, como ya sabes.

–Ya, claro.

–No pongas esa cara cada vez que Sylvia aparece en la conversación.

–¿Qué quieres decir?

–Como si estuvieras a punto de llorar.

–No, es que... es un poco triste. Sylvia parecía una persona encantadora.

Solo había visto a su difunta esposa en un par de ocasiones, pero la hermosa rubia parecía muy dulce. Una pareja interesante para un hombre tan fuerte y serio como Cristian, pero siempre le habían parecido felices.

–Lo era, una mujer dulce que, cuando las cosas iban bien, me aportaba una sensación de calma.

Había una extraña nota en su voz cuando pronunció esas palabras y Allegra no entendía por qué.

–¿Cuánto tiempo estuvo enferma?

–No estaba enferma en el sentido que tú crees. Sylvia sufría una enfermedad mental. Sus padres no querían que se hablase del tema y yo siempre he respetado esa decisión.

–Pero entonces...

–Se suicidó, Allegra –la interrumpió Cristian–. Y entiendo por qué sus padres no querían que se hiciera público, aunque a veces me pregunto si hicimos bien al ocultar la verdad. Como si fuese un defecto de Sylvia y no una enfermedad.

–Lo siento, no debería haber sacado el tema.

–Lo he sacado yo. Era mi mujer, no puedo fingir que nunca existió.

–No, claro.

–Pero es como tú dices, cuando vives de cara al público todo el mundo tiene una opinión y se harán comparaciones entre Sylvia y tú.

–No me importa.

–¿De verdad?

–No me molesta. Tal vez sería diferente si nosotros... si sintiera que estoy compitiendo con ella por tus sentimientos.

–Y, como no es así, no tienes que preocuparte por la comparación.

–Parece un poco mezquino sentir envidia de una mujer que ha fallecido.

–Aun así, algunas mujeres la sentirían.

–Yo no soy así. No sé qué ha pasado para que me tengas en tan poca estima, Cristian, pero no soy una mala persona.

–Siempre pareces infeliz. En tu casa, que para mí es un ejemplo de familia, jamás parecías contenta.

–¿Por eso no te gusto? ¿Porque no crees que sea lo bastante agradecida por lo que tengo?

–Exactamente.

–Lo único que les importa son las apariencias. Mis padres no son malas personas, pero nunca me han preguntado lo que quería. Solo les interesa que haga lo que ellos creen conveniente para mí.

Cristian frunció el ceño.

–Lo hacen para asegurarte un futuro estable. Entiendo que tienes una idea romántica de la libertad, pero te aseguro que solo has tenido buenas opciones en tu vida.

–Claro, porque tú eres libre de hacer lo que quieras.

–Y he tenido mi cuota de tragedias. Poder hacer lo que quieres no garantiza la felicidad, Allegra. Y que a tu familia le importes tanto, que te quieran, es un regalo maravilloso.

Ella apretó los labios.

–Tal vez, pero haber hecho lo que hice contigo demuestra que nunca podría haber sido lo que mis padres esperaban. No era lo bastante valiente como para decirlo en voz alta... eso es lo único que lamento, no haber dicho: «Se acabó. Esto no es lo que yo quiero».

–¿Raphael era tan malo?

–No, no lo era, pero sí exigente. Sabía lo que quería y esperaba que yo quisiera lo mismo. También era más impenetrable que tú, si eso es posible.

–Va a casarse con ella, por cierto. Ha habido una rueda de prensa.

Allegra sonrió.

–Me alegro. Espero que con ella sea más... humano.

–¿Era distante? –preguntó Cristian enarcando una ceja.

–Era impenetrable y, además, soberbio –respondió ella–. Nunca me vi en el puesto que mis padres querían para mí. Quería intentarlo al menos, pero nunca he querido ser una princesa y creo que estaba saboteándolo todo sin ser consciente de ello.

–Y parece que he sido un sabotaje muy efectivo.

Allegra lo miró a los ojos.

–Yo no sabía que fueras tú.

–¿De verdad?

–Pues claro que no –respondió ella, con el estómago encogido–. ¿Crees que estaba enamorada de ti en secreto?

En cuanto hizo la pregunta, en su mente aparecieron imágenes de él en casa, con su familia. Cuando era más joven, con su hermano, y más tarde, cuando enviudó. Esas imágenes se unieron a la del hombre enmascarado bajando por la escalera del hotel y la sensación que la abrumó esa noche... y la descarga de adrenalina que sentía cuando sus padres le informaban de que Cristian iría a cenar.

–Supongo que es posible –dijo él.

–No, no lo sabía.

No lo sabía, claro que no. Imaginar que había sabido algo en su fuero interno era ridículo. Porque de haber sabido que era Cristian, jamás hubiera...

Miró entonces su rostro iluminado por la luz de la hoguera. No sabía lo que había pasado, pero era mucho más difícil entenderlo en ese instante. Porque, sencillamente, no podía separar lo que sentía por Cristian en aquel momento y lo que había sentido antes.

–Da igual lo que pienses de mí –siguió, más para sí misma que para él–. Es irónico que tú fueras mi camino hacia la libertad, aunque tú no crees que me merezca la libertad.

–No es que no te la merezcas, es que la libertad podría ser algo diferente a lo que tú crees. ¿Te imaginas que es la posibilidad de hacer todo lo que quieres?

–La posibilidad de casarme por amor, por ejemplo –respondió Allegra–. Hablas como si yo quisiera algo imposible, como si fuera egoísta por querer elegir a la persona con la que quiero pasar el resto de mi vida.

–Creo que no entiendes cómo funciona el mundo. Podrías haberte casado con un hombre decente y hacer algo bueno por los demás desde tu posición. En lugar de eso, perdiste la virginidad con un desconocido en un oscuro pasillo, te quedaste embarazada... y ahora, aquí estas.

–¿Te presentas como la peor opción de todas? Pensé que, dado el tamaño de España, estar contigo era subir un peldaño.

–España es muy grande, pero estarías mejor con el príncipe.

–¿Por qué crees eso?

–Raphael parece una buena persona, yo no lo soy.

–En eso estoy de acuerdo –replicó Allegra, irónica.

–Y tú no sabes ni la mitad.

–No tengo que saberlo porque solo estaremos casados un par de años. Da igual, no vamos a... no vamos a tocarnos nunca más.

Por alguna razón, esas palabras la entristecieron. Pero no podía ser. No podía sentirse decepcionada por no volver a tocar a Cristian.

–Me alegro por ti. Aunque un par de años fue tiempo suficiente para que Sylvia se destruyera a sí misma.

–Sylvia estaba enferma, tú mismo lo has dicho.

–Sí, es cierto. Pero estar casada conmigo no la ayudó nada.

–¿De verdad crees eso? ¿Crees que tú eres responsable...?

Cristian le apretó la mano, sus ojos oscuros brillaban como fuego negro.

–No quiero seguir hablando de ello.

Allegra quería apartarse, poner distancia entre ellos. Y, al mismo tiempo, quería quedarse así para siempre, atrapada en esa mirada tan intensa durante el tiempo que fuera posible, aunque la quemase por dentro.

–Deberías alejarte de mí –le advirtió él–. Nos hemos besado.... con el anillo de compromiso de otro hombre en tu dedo, con una máscara sobre tu cara y cuando yo he dejado caer la mía. Así que entra en la casa y tal vez no volveré a tocarte.

Ella lo pensó un momento. Pensó en escapar para salvar su vida, su cordura. Pero se quedó sentada, inmóvil, sin apartar la mano.

–¿Y qué pasaría si me quedase?

Capítulo 8

DEBERÍA rechazarla, eso era evidente. No iba a hacerlo y eso era igualmente obvio.

Cristian se preguntó cuándo había perdido aquella guerra. ¿Fue cuando la llevó a la playa? ¿O había sido aquella noche en Venecia, cuando se acercó a una bella desconocida de pelo largo y brillante cayendo sobre sus hombros desnudos? Al verla había sentido una inquietud que le había hecho pensar en una sola mujer. Entonces no importaba, pero importaba en ese momento y tenía que enfrentarse a ello.

Cuando tiró de su mano para levantarla de la silla y ella dejó escapar un gemido, formando con los labios una suave y perfecta «O», Cristian recordó ese otro momento, en el hotel veneciano. Se inclinó hacia delante, dispuesto a rozar sus labios como no había podido hacerlo cuando la máscara cubría su rostro. Cuando los dos estaban escondidos, el uno del otro y del mundo.

«¿De verdad podía Allegra esconderse de ti?».

Miró los brillantes ojos oscuros, unos ojos que se habían encendido por él unas semanas antes, y su boca de labios carnosos. No tenía sentido recordar el baile de máscaras ni lamentar lo que había pasado.

Se levantó de la silla y tiró de ella para atraerla hacia sí. Allegra se agarró a sus antebrazos para no perder el equilibrio y él inclinó la cabeza para capturar sus labios.

Estaba todo en ese beso, su calor, su pasión, la temeridad que lo había asustado desde el día que la conoció. Esa chispa que había dentro de ella que se le metía bajo la piel.

Trazó la comisura de sus labios con la punta de la lengua antes de reclamar su boca con fiereza. Era suya, solo suya. Ningún otro hombre la había tocado. Nunca había sido el primer hombre de una mujer y había algo intensamente excitante en esa nueva experiencia.

Nunca había pensado que se sentiría excitado por la virginidad de una mujer, pero no podía negar que así era. Despertaba algo puramente primitivo en él, algo que no creía poseer.

O tal vez simplemente era Allegra.

Siempre le había hecho eso. Siempre había provocado reacciones inesperadas en él. Tal vez por eso disfrutaba tanto siendo el primero que la hacía gozar.

Se había prometido ser fuerte, pero la criatura oscura y salvaje que vivía dentro de él había tomado el control y no tenía el menor deseo de recuperarlo, de modo que siguió atizando el fuego que los consumía a los dos.

Soltó su muñeca para enredar los dedos en su pelo y tirar hacia atrás de su cabeza. Ella dejó escapar un gemido, o bien porque estaba tan loca de deseo como él o bien porque tiraba con demasiada fuerza. No lo sabía y no le importaba.

No sabía quién era cuando estaba con Allegra y era inexplicable porque la conocía desde niña. Por qué se sentían como extraños era un misterio para él y, de repente, estaba desesperado por ver todo lo que no había visto la primera noche que estuvieron juntos.

Lo habían hecho a toda prisa en un pasillo, vestidos los dos. No había tenido oportunidad de ver sus maravillosas curvas, no había podido apretar su cuerpo desnudo y ya no podía esperar más. Tiró hacia abajo de la cremallera del vestido, dejando que cayera a sus pies, y dio un paso atrás para verla con un sujetador de encaje y unas braguitas a juego.

Era la fantasía de cualquier hombre, una mujer que provocaría guerras, como demostraba la guerra que se libraba en su cuerpo. Pero sabía que debería apartarse, que no debería destruirla con sus caricias. ¿El hecho de que tuvieran que pasar dos años juntos porque iban a tener un hijo no era suficiente recordatorio de que él alteraba todo lo que tocaba de forma irreparable?

Pero sabía que la oscuridad de su interior iba a ganar esa noche. Esa cosa terrible y destructiva que le decía que podía poseer, aunque no pudiese cuidar. La voz insidiosa que lo había convencido de que era buena idea casarse con Sylvia. Solo tenía que casarse con ella y todo lo demás se arreglaría solo.

Pero la había destruido. A ella y a sus padres. Sylvia necesitaba más y más, y él cada día era menos capaz de atender sus necesidades. Porque quería acceso a una parte de él que estaba muerta.

Y pasaría lo mismo con Allegra, que había aceptado casarse con él porque estaba embarazada de su hijo.

Pero ¿por qué parar? Después de todo, el daño ya estaba hecho y no podría empeorar la situación.

Cristian estuvo a punto de reírse. Esa era una afirmación peligrosa porque él había visto lo peor, había vivido lo peor y había cargado con ello a otras personas.

Pero en aquel momento, en la playa, sin fotógrafos, sin más testigos que las estrellas en el cielo, sencillamente no podía ser noble.

—Desnúdate —le ordenó con voz ronca. Si la tocaba no tendría paciencia para quitarle la ropa interior sin rasgarla. O tal vez no se la quitaría en absoluto. Tal vez solo apartaría a un lado sus bragas y se hundiría en ella, estuviese preparada o no.

Cristian apretó los dientes, luchando para no dejarse llevar por esa fantasía.

Lentamente, Allegra empezó a quitarse el sujetador, revelando la perfecta curva de sus pechos y sus pezones erectos. Luego, cuando tiró de las bragas, Cristian se concentró en el perfecto triángulo de rizos oscuros entre sus piernas.

Cuánto la deseaba. Quería hundir la cara entre sus piernas, perderse dentro de ella... del todo.

–Me miras como si quisieras comerme –murmuró Allegra.

–Porque eso es lo que quiero –respondió él, deslizando los labios por su cuello y la dulce curva de sus pechos antes de meterse un pezón en la boca para chuparlo con ansia. Ella enredó los dedos en su pelo para sujetarle la cabeza mientras alternaba la erótica succión con ligeros mordiscos que la estremecían.

De repente, Allegra sintió el húmedo roce de su lengua en el vientre, sobre su monte de Venus, deslizándose hacia abajo, hacia el sitio que ardía por él... pero, cuando intentó apartarse, Cristian la sujetó con fuerza.

–Mía –dijo con voz ronca mientras deslizaba la lengua por sus húmedos pliegues.

–Cristian... –musitó ella. Y su nombre sonaba como una plegaria en lugar de una maldición.

La saboreó a placer, disfrutando al notar que temblaba de arriba abajo. Sollozaba su nombre, rota, impotente, disfrutando de aquello que él debería negarse a sí mismo. Su aroma, sus gemidos, que fuese ella y no pudiese negarlo.

Reconocer eso despertó un anhelo desconocido, un

pozo de deseo que no tenía fondo. Por ella, Allegra. Como si hubiera existido dentro de él desde siempre, sin ser reconocido ni satisfecho hasta ese momento.

Ella se agarró a sus hombros mientras seguía dándole placer con su boca, más y más rápido, sin piedad. Notó que empezaba a perder el control cuando deslizó la lengua sobre el sensible capullo de nervios. Y entonces, emitiendo un grito ronco, Allegra se dejó ir del todo, entregándose a un placer que para Cristian fue la mejor recompensa.

Jadeando, deslizó las manos por los suaves muslos y las rodillas, tirando ligeramente hasta que se doblaron, dejándola en el suelo, con las piernas enredadas en su cintura y su húmeda cueva rozando la punta de su erección.

Sabiendo que era un canalla egoísta, se hundió en ella mientras seguía temblando de placer, la presión de sus músculos internos estuvo a punto de enviarlo al precipicio. Pero aún no estaba preparado para dejarse ir y apretó sus nalgas mientras la embestía una y otra vez.

Allegra arqueó la espalda y él se echó hacia delante para lamer sus hermosos pechos desnudos.

¿Por qué no lo había visto antes? ¿Por qué no había visto que aquello era lo que estaba bajo la superficie de cada conversación con ella? Que era por eso por lo que su piel se encendía cada vez que estaba a su lado. Tenía sentido. Muchas cosas tenían sentido cuando estaba hundido en ella. Aquello no podía salir bien, pero en ese momento no le importaba.

Estaba perdido en ella, en Allegra. Ninguna otra mujer lo había atraído desde la muerte de su esposa y, en realidad, no recordaba a otra mujer que lo hubiese tentado como ella. Allegra entraba en una extraña y única categoría.

La necesitaba como necesitaba respirar, o como una droga. No sería más que un chute temporal que los haría sufrir a los dos, pero eso no mitigaba la adicción.

Y le daba igual lo que pasara después. El orgasmo fue como un rugido, un perfecto ramalazo de placer y dolor que borraba todo lo demás y lo hacía olvidar cualquier otra emoción.

Cuando logró recuperarse, comprobó que ella también había llegado al orgasmo, clavando las uñas en su espalda mientras gritaba de gozo y la contracción de sus músculos internos forzaba otra oleada de líquido placer.

Mientras oía el ruido de las olas enredó los dedos en su pelo para obligarla a mirarlo.

–No –le ordenó.

–¿No qué? –preguntó ella en voz baja.

–No te escondas de mí –murmuró Cristian, deslizando un dedo por su labio superior–. Esta noche no llevas la máscara.

–Era más fácil antes.

–¿Y por qué esto es difícil?

–Porque yo... –Allegra tragó saliva–. Tengo frío.

Se levantó, completamente desnuda, para entrar en la casa y él observó su hermosa silueta como en trance. Sabía que debería darle su espacio, eso era lo que haría un hombre decente. Pero ya no tenía que fingir que era un hombre decente. Esa noche había tenido a Allegra y ya no había marcha atrás.

Allegra necesitaba un momento de soledad. Aquello no se parecía nada al encuentro en el pasillo del hotel veneciano. Era el mismo hombre, pero había sido una experiencia totalmente diferente. Sabiendo que era él, viendo su cara, el brillo de sus ojos mientras la hacía suya...

Y lo más duro era saber que también él la había visto a ella, expuesta, desnuda del todo, sin poder esconder sus sentimientos.

Subió las escaleras a toda prisa y entró en la ducha. Una maravillosa ducha de mármol con un enorme ventanal desde el que podía ver el mar iluminado por la luna.

Pero no podía disfrutar del paisaje en ese momento porque necesitaba lavar la humillación de su piel, lavar su dolor. Necesitaba respirar, pensar, y mientras estuviese cerca de Cristian no podría hacerlo. Había algo en él que la volvía loca y la empujaba a hacer cosas que no había hecho nunca, pero no quería saber qué era.

Tal vez lo más duro era tener que aceptar que el hombre enmascarado y Cristian no podían ser ya dos entidades distintas. No lo eran después de haberlo sentido dentro de ella otra vez, no lo eran cuando había visto su rostro mientras llegaba al orgasmo, no lo eran cuando estaba temblando de arriba abajo.

Cerró los ojos, intentando llorar para aliviar la presión de su pecho, pero sus ojos permanecían obstinadamente secos.

–¿Allegra?

La puerta del baño se abrió y Cristian entró completamente desnudo y despreocupado. Y ella no podía dejar de mirarlo, de estudiarlo. Era el único hombre al que había visto desnudo y le parecía cautivador.

Era tan hermoso con ese torso ancho, los definidos abdominales, las caderas delgadas, la fina hebra de vello que llegaba hasta su parte más viril.

Estaba viendo a Cristian desnudo. Cristian Acosta, un hombre al que conocía de toda la vida. Desnudo y dentro de ella.

Ese pensamiento hizo que deseara esconderse, pero no podía hacerlo.

—¿Estás bien? —le preguntó Cristian, mirándola desde el otro lado del cristal.

—Había pensado...

—¿Que podrías borrarme de tu piel? —la interrumpió él.

—No, no es eso. Solo necesitaba un momento.

—Te acompaño —Cristian abrió la puerta de la ducha y se colocó a su lado.

—No lo entiendes. Necesito un minuto a solas —se apresuró a decir ella.

—¿Por qué?

—Porque tú eres el único hombre con el que me he acostado. Es la segunda vez en mi vida y me siento... un poco desorientada.

—Tú eres la única mujer con la que me he acostado desde que Sylvia murió.

—¿De verdad?

—No he estado con ninguna mujer desde que ella murió y esa noche, en el baile de máscaras...

Cristian no terminó la frase y Allegra se quedó pensativa. Si hubiera descubierto que se acostaba con misteriosas mujeres todo el tiempo le dolería, pero tampoco era agradable pensar que había estado con ella solo porque se había cansado del celibato.

—¿Qué pasó, sencillamente perdiste el control? —le preguntó, intentando controlar su angustia.

—Lo dices como si fuera tan sencillo. Y supongo que lo será para algunas personas, algo que ocurre de vez en cuando, pero para mí no. Yo nunca pierdo el control –Cristian envolvió su cintura con un brazo y la apretó contra su torso–. Pero contigo me pregunto si me he estado mintiendo a mí mismo todo este tiempo. Si se trata de otra cosa.

–Sé que te crees una especie de dios, pero solo eres un hombre –murmuró Allegra. Pero mientras pronunciaba esas palabras rozó con la punta de los dedos el duro torso, cubierto de un viril y oscuro vello.

No debería tocarlo, pero algo la empujaba a hacerlo. Cristian tenía razón; perdían el control cuando estaban juntos y ese comportamiento no era normal para ninguno de los dos.

Ni siquiera lo lamentaba. Allí estaba, embarazada de un hombre al que apenas podía mirar a los ojos, y no lamentaba estar con él.

–Eres una ingenua –dijo él con voz ronca–. No sabes lo extraño que es esto. No sabes con qué estamos jugando.

–¿Es especial? –preguntó Allegra, sin poder disimular una nota de ilusión en su voz.

–No se parece a nada que haya experimentado antes, pero estas cosas... estas cosas oscuras y locas que te agarran por dentro y hacen que te portes como un animal no son buenas –Cristian le rozó la barbilla con un dedo–. Puede que te den placer por un momento, pero solo llevan a la destrucción.

–¿Crees que vamos a destruirnos el uno al otro?

–Creo que ya lo hemos hecho.

–Entonces, ya no hay nada más que temer, ¿no?

Si ese era el caso, ¿por qué no podían disfrutar de lo único que les daba placer? La idea de dejarse llevar, de entregarse a todo lo que deseaba, era a la vez embriagadora y aterradora.

Esa puerta siempre había estado abierta. Nadie

había sido capaz de obligarla a hacer nada y, sin embargo, se había contenido por miedo a disgustar a sus padres, por miedo a hacer algo mal. Incluso en ese momento, con Cristian, se había apartado porque le daba miedo mostrarse tal como era.

Ni siquiera ella quería saber lo que eso podría revelar.

Siempre había temido traspasar los límites por una innata necesidad de complacer, de no llamar demasiado la atención, de no disgustar.

Pero ¿a quién le importaba que lo hiciera? Esa era la cuestión. Cristian tenía razón, lo había estropeado todo y ya no había donde ir.

—Si ya hemos tocado fondo, supongo que podríamos investigar qué hay ahí —sugirió casi sin voz.

—Si te atreves a revolcarte conmigo allí —respondió él, levantándole la su barbilla para mirarla a los ojos.

—¿Qué ha pasado, Cristian?

—Nada, solo un poco de destrucción.

—¿Por qué me siento un poco mejor ahora que todo ha sido destruido?

Él se rio mientras le besaba la comisura de los labios.

—Es el sexo. Te miente, te hace sentir bien y te convence de que no pasa nada, que puedes volver a hacerlo.

—¿Eso es lo que estamos haciendo?

—Yo diría que sí.

—No me importa —dijo Allegra entonces. Y era cierto.

—A mí tampoco.

Cristian la abrazó de nuevo, claramente excitado, y ella no se apartó. Lo deseaba durante el tiempo que tuvieran, por la razón que fuera. No iba a preocuparse más por eso. Ni por el futuro ni por lo que él pudiera pensar. Por primera vez, iba a limitarse a sentir.

Siempre era el mismo sueño. Cristian veía los fríos muros del castillo sintiéndose pequeño, diminuto. Y sabía que su padre entraría en la habitación, en medio de una nube de rabia y alcohol, para desahogar su ira con él. La última vez tanto que habían tenido que llevarlo al hospital, inventando mentiras para justificar que un niño de cinco años pudiese estar malherido.

Un golpe fortuito, una caída por las escaleras. Por eso tenía huesos rotos, por eso habían tenido que darle puntos en la cabeza. Mentiras, nada más que eso. Pronto iría a buscarlo otra vez y Cristian tendría otro accidente. Ningún lugar era seguro, ni siquiera su dormitorio.

Y entonces, como siempre, los muros del castillo se convertían en las paredes de su casa de Barcelona. Estaba en la puerta de su dormitorio y lo que encontraría dentro le producía terror.

Sabía que Sylvia estaba allí, que se había ido y él no podía hacer nada. Pero, aunque sabía que ella estaba al otro lado de la puerta, aunque sabía lo que iba a encontrar, tenía que abrirla. Puso la mano sobre la lisa superficie de madera y empezó a empujar...

–Cristian –una voz rompió la oscuridad–. Cristian, despierta.

Él se sentó en la cama, intentando tomar aire.

–¿Estás bien? –la voz de Allegra disipó la pesadilla.

–Estaba dormido –respondió él. Evidentemente, Allegra lo había despertado por alguna razón, pero no iba a contarle nada.

–Estabas gritando. Me has despertado.

–Lo siento –dijo él, apretando los dientes.

Sabía que Allegra estaba mintiendo, que había algo más. Cuando se tocó la cara sus dedos se humedecieron. Sí, estaba mintiendo para preservar su orgullo y saber eso lo dejaba sin respiración.

–Pensé que debía despertarte. Parecías tan angustiado...

–No pasa nada

Cristian miró el reloj de la mesilla y, al ver que eran las cinco de la mañana, se levantó de la cama para disimular el nudo que tenía en la garganta.

–No sabía que tuvieras pesadillas.

–Todo el mundo tiene pesadillas de vez en cuando.

Él las tenía todo el tiempo, sobre todo en los últimos tres años, desde la muerte de Sylvia, convirtiendo la ya terrible visión de su subconsciente en un montaje de los más horribles eventos de su vida.

–Ya casi es la hora de levantarme.

–Entonces yo también...

–No –la interrumpió él, con más brusquedad de la que pretendía–. No tienes que levantarte. Siento haberte despertado.

–Siento que hayas tenido un mal sueño.

–No es nada, retazos de recuerdos, cosas inquietantes y tortuosas, como cualquier pesadilla.

–Me ha parecido algo más que eso.

Cristian la miró a los ojos.

–Sé que estás intentando descubrir algo humano en mí, pero vas a llevarte una desilusión. No soy un hombre blando ni amable, así que no empieces a inventar fantasías. Esto –dijo, pasando una mano por su cuerpo desnudo– podría ser algo bueno para los dos. Si vamos a estar juntos durante un tiempo lo mejor sería disfrutarlo, pero no debes involucrar tu corazón.

–Ya hemos tocado fondo –le recordó ella en un susurro–. No va a ser más difícil que esto.

Parecía tan joven en ese momento y él se sentía tan insoportablemente viejo.

–Sí, ya sé que dije eso, pero un hombre puede encontrar muchas maneras de justificar el placer físico.

–No, estamos en esto juntos.

–Si tú lo dices...

Le dolió ver cómo cambiaba su expresión. Le dolió saber que esa frase le había hecho daño, pero no iba a retirarla. Aquel era terreno peligroso para ella.

–Los dos decimos eso –insistió Allegra.

Cabezota hasta el final. Había tanto fuego, tanto espíritu bajo la superficie... Era extraño porque siempre le había parecido desafiante y, sin embargo, sus respuestas habían sido contenidas, aunque él intuía algo más. Tal vez la rabia, la contrariedad cuando sus padres mencionaban su futuro matrimonio. Había sentido su ansiedad, su rechazo, como si lo hiciera en voz alta.

Y se preguntó si alguien más lo habría visto.

–Quédate en la cama –insistió, antes de salir del dormitorio.

Se sentía culpable por tratarla así, pero sabía que era lo que debía hacer. Había cometido muchos pecados en su vida y el más grande contra Allegra, pero no lo haría más. No por él, que ya estaba perdido, sino por ella.

Si había algo que debía evitar era que empezase a creer que le importaba.

La mayor crueldad sería permitir que Allegra lo amase.

Capítulo 9

LOS días siguientes en aquel paraíso fueron como cumplir una sentencia con un carcelero taciturno.

Cristian se mostraba diferente desde que tuvo la pesadilla y no había vuelto a pasar la noche con ella después de hacer el amor. La dejaba saciada y se iba a su habitación.

Quería alejarla de él, eso estaba claro. Y le dolía. Sabía cuál era la situación: iban a tener un hijo y sería su esposa temporal para tranquilizar a sus padres y a los medios de comunicación. Pero lo que hicieran en el dormitorio no tenía nada que ver.

Desde luego, no tenía nada que ver con sus sentimientos.

Pero desde el día que conoció a Cristian había nacido un sentimiento en su interior. Se enfadaba con él por cosas tan peregrinas como su risa sarcástica o por cómo enarcaba una ceja, como si estuviera riéndose de ella.

Porque su mentón era demasiado cuadrado, sus labios demasiado cautivadores. Más tarde, la alianza que llevaba en el dedo le parecía demasiado brillante, tanto que a veces no podía mirar nada más. Un recordatorio, incluso tras la muerte de Sylvia, de que Cristian era de otra mujer.

Tenía algo que se le metía bajo la piel y la hacía sentir descarnada.

Siempre había sido así y la idea de no sentir nada por él mientras se acostaban juntos, mientras iban a tener un hijo y pensaban casarse, era sencillamente ridícula.

Tenía razón, la gente encontraría todo tipo de excusas para seguir disfrutando del brumoso placer que encontraban juntos, pero las excusas se terminaban y la realidad empezaba a mostrar la inconveniente verdad.

Allegra parpadeó furiosamente. No quería pensar en ello. Era como tirar de un hilo que mostraba cada vez más la verdad sobre sí misma. Y lo odiaba.

«¿Por qué crees que siempre has sentido algo por él? ¿Por qué crees que te dolía ver su alianza?».

Se secó una lágrima de un manotazo. Daba igual lo que ella sintiera porque Cristian no sentía lo mismo. De haber sabido que era ella la noche del baile de máscaras jamás hubiese ocurrido nada.

Pero si él no hubiese llevado la máscara y le hubiera ofrecido su mano la habría aceptado y habría salido al pasillo con él. Le habría entregado su virginidad a Cristian si en lugar de mirarla como a una cría le hubiera pedido que fuese con él porque era lo que había esperado. Siempre.

Patética, era patética. Siempre esperando que sus padres vieran que casarse con Raphael no era lo que ella quería, esperando que Cristian viera que no era una niña. Esperando, esperando... ¿y para qué?

Para sentirse constantemente criticada cada vez que abría la boca. Qué gran plan. Pero no tenía ningún plan, eso era evidente. Ninguno más allá de desear que alguien viese la verdad que ardía dentro de ella.

¿Y de qué serviría? Solo la quemaría por dentro. Además, eso no la ayudaba a decidir qué debía hacer...

—Tenemos que irnos.

Cristian había salido de la casa y la miraba con expresión sombría.

–¿Qué?

–Debemos volver a España inmediatamente.

–¿Qué ha pasado?

–Ha habido un incendio en el castillo.

–¿Y las granjas, los arrendatarios?

Él negó con la cabeza.

–Solo ha afectado al castillo.

–¿Qué lo provocó?

–Al parecer, un fallo en los fusibles. Es un edificio muy antiguo y la instalación eléctrica es del siglo pasado. Tengo que ir allí para comprobar los daños, pero te dejaré en la villa antes de irme.

–No, voy contigo.

–No tienes por qué hacerlo.

–Pero es que quiero hacerlo.

La expresión de Cristian se volvió feroz.

–¿Tan desesperada estás por ver lo que ahora se ha convertido en una ruina?

–Estoy desesperada por apoyarte. Discúlpame por intentar ser una buena... –Allegra no terminó la frase. Había estado a punto de decir «esposa», pero sabía que sería un error.

–No vamos a discutir –replicó él.

–Contigo no se puede discutir. Tú das órdenes y esperas que los demás obedezcan. Y así es como he vivido siempre, obedeciendo.

–Eso no es lo que yo recuerdo.

–¿Y qué sabes tú? Crees que he estado siempre protestando y, sin embargo, yo no recuerdo haber protestado una sola vez. Discutía contigo, pero jamás me peleaba con mis padres. Y no rechacé a Raphael. ¿Por qué piensas que soy una niña recalcitrante?

–Lo noto –respondió él–. Sé que hay algo que te quema por dentro.

Sus palabras atizaron la llama que había en su interior, la que solo él veía.

–Cristian...

–Recoge tus cosas, nos vamos al aeropuerto. Pero te dejaré en la villa –la interrumpió él antes de entrar en la casa.

Allegra sabía que, por el momento, no serviría de nada insistir, pero no pensaba quedarse callada. Encontraría la forma de llegar al castillo. A él no le gustaría, pero complacerlo era la última de sus preocupaciones.

Sencillamente, quería estar a su lado. Y si eso significaba ser desafiante y abierta sobre sus sentimientos, lo sería. Costase lo que costase

No pensaba guardar silencio nunca más.

La mitad del castillo había desaparecido. Parte del antiguo edificio, hogar de más de un fantasma, había quedado reducido a un montón de humeantes escombros.

Por suerte, o por desgracia, la escalera que llevaba a las habitaciones estaba intacta.

Era tan extraño ver el hogar de su infancia, la casa de los horrores, destruida de tal modo.

Subió las escaleras lentamente, rozando con los dedos las paredes de piedra que aún lo perseguían en sueños, y preguntándose si el fantasma de su padre se habría quemado también. Aunque seguramente era un sueño muy optimista.

Llegó a la habitación que había ocupado de niño. Por supuesto, era una de las que se habían salvado del fuego. Que esas escaleras, esas paredes, aquella habitación, no hubieran tenido la decencia de quemarse le parecía perverso.

El suelo donde había yacido su pequeño cuerpo roto, las losetas de piedra que aún recordaba clavándose en sus costillas. Por supuesto, todo eso había sobrevivido.

Cristian se dirigió a la pequeña cama situada en una esquina. Era extraño que aún estuviera allí, pero nadie había usado esa habitación desde que él se marchó.

Se sentó sobre el colchón, que crujió bajo su peso, y miró las paredes de piedra gris y las vigas de madera del techo. Era igual que en su sueño.

Se sentó allí y esperó sentir una siniestra presencia. Esperó sentir terror, pero no había nada. Y ese debía de ser el mayor de los insultos, que allí no hubiese nada, ninguna respuesta, nada contra lo que enfurecerse.

Solo él.

Se levantó, dejando escapar un suspiro y remangándose la camisa hasta los codos, dispuesto a escarbar para ver qué se había salvado. Cuántas joyas o documentos importantes habían sobrevivido.

Eso era todo lo que iba a encontrar allí, reliquias. Desde luego, no iba a encontrar respuestas.

Pasó horas escarbando, rebuscando, y cuando terminó estaba agotado. Tenía que contratar a un equipo especializado, pero esa parte del castillo era su responsabilidad, una parte de sí mismo, una parte de su título nobiliario.

Y aquella extraña exhumación de tesoros familiares entre los escombros era esencial para él.

Se levantó, secándose la frente con el antebrazo para que el sudor no llegase a sus ojos. Cubierto de cenizas y hollín, empezó a desabrocharse la camisa con la intención de dejarla allí, con el resto de las cosas insalvables.

—Cristian.

Él se volvió al oír su nombre. Allegra estaba en el quicio de la puerta, más bella que nunca con el pelo oscuro cayéndole sobre los hombros y su esbelta figura envuelta en un sencillo vestido negro.

—¿Qué haces aquí? —le preguntó mientras dejaba caer al suelo la camisa.

—He decidido convertirme en la molestia que tú crees que soy.

—¿Y por qué?

—Porque me gusta llevar la contraria —respondió Allegra, dando un paso adelante.

Cristian se quedó sin aliento cuando la brisa movió el vestido y vio una ligera protuberancia en su abdomen. La prueba del hijo que llevaba en sus entrañas. Su hijo.

Su hijo, allí, en aquel sitio abominable.

—Te dije que no vinieras —le espetó él con sequedad.

—Y yo no te he hecho caso porque no soy ni tu criada, ni una niña ni tu mascota. Hago lo que quiero.

—Sí, sueles hacerlo. Y mira dónde te ha llevado.

Allegra frunció el ceño al ver sus manos.

—Te has hecho daño —murmuró, rozando con el pulgar los sangrantes nudillos.

—Estoy bien —Cristian se apartó, desconcertado por su ternura.

—No seas tonto.

—No creo que nadie me haya llamado tonto en toda mi vida.

—Si alguien lo hubiera hecho antes no serías tan difícil.

–Tal vez a ti también te vendría bien dejar de ser tan complicada.

–Solo soy complicada contigo –respondió ella, levantando la barbilla.

Cristian la miró con ojos ardientes.

–Solo conmigo, no lo olvides.

La erótica verdad de sus palabras hizo que Allegra se ruborizase.

Excitado como un animal salvaje, Cristian apretó los dientes y pasó a su lado en dirección a la parte del castillo que no estaba en ruinas.

Capítulo 10

ARMÁNDOSE de valor, Allegra fue tras él, caminando con cuidado entre los montones de piedras, maderas rotas y muebles quemados, hasta la estructura que aún seguía intacta.

–Cristian –lo llamó.

Él se volvió con expresión fiera y se le detuvo el corazón durante una décima de segundo. Tenía cenizas y hollín por toda la cara y el torso. Sin camisa, con la frente sudorosa y los nudillos magullados de escarbar entre las piedras, parecía un hombre primitivo, un hombre que hubiera estado luchando por su vida.

–¿Qué haces? –le preguntó–. Podrías contratar gente para hacer esto. ¿Por qué lo haces tú? ¿Dónde están los empleados? ¿Por qué no querías que viniese?

–Esto es mío –respondió él con un tono tan duro como las piedras que había estado removiendo–. Es mi legado... ahora que ha quedado reducido a cenizas más que nunca. No es asunto de nadie.

–¿Por qué? Es solo una casa y...

–Es más que eso. Somos una familia aristócrata y mantener esto siempre ha sido lo más importante. Pero se ha hundido. Se ha mantenido en pie durante siglos y ahora... ha quedado reducido a escombros.

–No es culpa tuya.

–Da igual de quién sea la culpa. Esto representa siglos de corrupción y ha estado en pie demasiado tiempo. Ojalá se hubiese quemado hasta los cimientos.

Y, sin embargo, había ido allí de inmediato. Había pasado el día escarbando entre los escombros con sus propias manos, de modo que, a pesar de lo que decía, Allegra sabía que no era del todo verdad.

–¿Por qué hablas de corrupción?

–Tú has oído hablar de mi padre, un borracho, un lujurioso. Solo se casó con mi madre porque se quedó embarazada. De hecho, es un milagro que no haya cien hijos ilegítimos por ahí –Cristian se rio con amargura–. Y, como ves, me parezco a él más de lo que me gustaría.

–¿Por qué dices eso?

–¿Y lo preguntas tú, la mujer que está embarazada de mi hijo ilegítimo?

Allegra se sintió avergonzada y furiosa al mismo tiempo.

–Tú mismo has dicho que no habías estado con una mujer desde que murió tu esposa, de modo que no eres un mujeriego. Tres años de celibato y un embarazo no planeado no te hace... tú no eres como tu padre.

–Está en mí –insistió él–. Aún no he visto pruebas de lo contrario.

–No sé por qué piensas que eres como tu padre o de qué tienes tanto miedo. Tú no te pareces nada a él.

–Te he ocultado muchas cosas. Y deberías estar agradecida.

Luego se volvió para subir por la enorme escalera, dejándola sola en la silenciosa estancia.

Haber ido allí ya no le parecía tan buena idea.

«Estás haciéndolo otra vez. Te estás acobardando.

No puedes hacerlo, no vas a quedarte en silencio. Ahora es el momento».

Allegra tomó aire. Había ido allí porque estaba decidida a romper el muro que él había levantado entre los dos, no solo en Hawái, sino años antes.

Estaba empezando a entender la verdad, por eso había ido allí y no iba a parar. Pero eso significaba que no podría protegerse, que tendría que revelar la verdad... y eso era aterrador.

Sin embargo, estaba empezando a darse cuenta de algunas cosas. No quería un matrimonio temporal. No quería que su hijo viviese en dos casas diferentes, sabiendo que su padre salía con otras mujeres. Quería que viviesen juntos, quería estar con él para siempre.

Porque lo amaba. Lo amaba tanto que le dolía.

No podía decir cuándo había ocurrido. No era reciente. Acababa de descubrirlo, pero tenía la sensación de que había estado siempre allí, en una parte de ella, desde el día que lo conoció. Una parte de ella que se enfadaba por sus miradas burlonas porque sus sentimientos no eran correspondidos.

Una parte de ella que se ponía enferma al mirar el anillo de compromiso porque había pertenecido a otra mujer.

Y una parte de ella lo había reconocido mientras lo veía bajar la escalera esa noche en el baile de máscaras. Su corazón lo había sabido. Su cuerpo lo había sabido, aunque su cerebro no quería reconocerlo.

Pero en ese momento sabía que lo amaba con toda su alma y no iba a ocultarlo. Iba a demostrárselo.

Cuando cayó la noche, Cristian colocó velas en varios candelabros góticos, bañando la habitación en una luz dorada. Después de un incendio debería ser más cauto, pero tal vez sentía el deseo de retar al destino para que redujese a cenizas lo que quedaba del castillo.

Miró la enorme *chaise longue* que había en un rincón, luego el bar al otro lado de la habitación y se preguntó si seguirían allí las botellas de su padre. Si era así, nadie las habría tocado en muchos años.

Solo los empleados vivían en el castillo desde mucho tiempo atrás. Su madre se había ido en cuanto le fue posible y él hizo lo mismo. ¿Por qué no? El castillo había sido la guarida del terror, del dolor.

Era interesante estar allí en ese momento, probando su poder, su peso. Y, en un momento, el alcohol.

Se acercó al bar y, de entre los diferentes venenos, eligió una vieja botella de whisky que parecía de la mejor calidad. Se tomó el primer vaso como si fuese agua, disfrutando de la quemazón de su garganta, y luego se sirvió otro.

La puerta del dormitorio se abrió en ese momento y, al ver aquella aparición, dejó el vaso sobre la barra con manos temblorosas.

Allegra.

Con los hombros desnudos, su esbelta figura abrazada por el ajustado corpiño de un vestido negro y los pechos asomando por encima del escote. Llevaba el pelo suelto y rizado, rozando sus hombros, pero era su rostro lo que lo tenía cautivo. Llevaba una máscara dorada parecida a la que había llevado esa noche, en Venecia, y los labios pintados de rojo. Y si los besara se sentiría tan embriagado como si se hubiera bebido toda la botella de whisky.

–¿Qué haces?

Ella se encogió de hombros.

—Si tienes que preguntar, es que no lo estoy haciendo bien.

Entonces se llevó las manos a la espalda y, un segundo después, el vestido cayó al suelo. Allegra pasó por encima de la prenda como una ninfa saliendo del agua, completamente desnuda.

Estaba en sombras, pero dio un paso adelante hasta que la luz dorada de las velas bañó su piel, destacando cada curva, cada pliegue, mientras se acercaba a él.

—¿Quieres que me vaya? —le preguntó.

Cristian apretó tanto los dientes que estuvo a punto de rompérselos.

—No —respondió.

Allegra esbozó una sonrisa.

—Me alegro.

—Ven aquí...

—No, aún no —respondió ella—. Necesito que te quites la máscara.

—Eres tú quien lleva una máscara.

—Sí, pero estoy desnuda. Para ti. Y esto es muy difícil para mí. Hacerte saber cuánto te deseo, estar frente a ti así, sabiendo que podrías rechazarme...

—Nunca.

—¿Cómo voy a saberlo? Te escondes de mí desde el primer día —Allegra se acercó un poco más para rozarle la cara con los dedos—. Quiero verte. Verte de verdad.

Él le sujetó la muñeca.

—Es mejor que no me veas sin la máscara.

—Eso lo decidiré yo. Una cosa es que todo el mundo haya pasado por alto mis deseos cuando no dejaba claro lo que quería, pero ahora sé lo que quiero y te quiero a ti. Todo lo que eres.

–¿Y si lo que hay debajo de la máscara fuese feo? ¿Y si encontrases un monstruo?

Ella lo miró con los ojos brillantes.

–Entonces supongo que serías mi monstruo.

Cristian tragó saliva, sintiendo como un golpe en el pecho el triste eco de su dolorida alma.

–No puedes decirlo en serio.

–Deja de decirme lo que quiero, lo que siento. Deja de decirme quién soy. Te deseo del todo, quiero que dejes de controlarte, quiero que seas tú... quiero que me provoques –Allegra le apretó el cuello, clavando las uñas en su piel–. Provócanos a los dos, maldita sea.

Cristian tuvo que contener el aliento, haciendo lo posible para no perder el control. Entendía lo que le estaba pidiendo, pero ella no sabía lo que había detrás. Él era todo lo oscuro, todo lo malo, despertaba lo peor en los demás y destrozaba todo lo que tocaba. Y, si dejaba que esa negra pesadilla envolviese a Allegra, la destrozaría a ella también.

Pero allí parecía imposible. Era extraño, ya que sus demonios estaban en el castillo, pero con la luz dorada de las velas iluminando su piel parecía como si ninguna oscuridad pudiese tocarla.

Un truco de la luz, claro. Pero uno que él estaba dispuesto a creer en ese momento.

–Tómame –dijo ella, con un tono cargado de deseo.

En ese sentido se parecían, tenían la misma intensidad. Esa era la razón por la que la había rechazado desde el principio, la razón por la que había decidido que era un problema y la razón por la que había negado los sentimientos que lo quemaban cada vez que estaban juntos. Era mucho mejor casarse con una mujer que encontraba agradable y atractiva, pero no abrumadora.

Allegra era abrumadora para él, pero la urgente demanda de sus labios lo obligaba a obedecer, de modo que le sujetó las caderas, clavando los dedos en su carne, tan excitado que le dolía. Quería estar dentro de ella, hundido tan profundamente que no sabría dónde empezaba ella y dónde terminaba él. Rodeado de Allegra, de su suavidad, de su aroma.

Había dicho que lo deseaba, que lo quería todo, y, después de esa noche, o saldría corriendo o estaría atada a él para siempre. En cualquier caso, se daría cuenta de su error. Y en cualquier caso, sería demasiado tarde.

Si fuera una buena persona detendría aquello de inmediato, pero por muchas capas de estabilidad en las que se hubiera envuelto, por mucho empeño que hubiera puesto en convertirse en un hombre decente, la verdad era que no había nada más que oscuridad en su corazón. Y, si ella lo quería todo, entonces tendría oscuridad.

–¿Me quieres sin máscara, Allegra? –le preguntó con la voz quebrada–. ¿Quieres ver todo lo que soy?

–Sí –respondió ella, trémula.

–¿Quieres que te tumbe y derrame en ti toda mi oscuridad?

Quería oírla decir que sí tanto como quería que lo rechazase. Había destruido a todos aquellos que le importaban desde el día que nació. Siempre se había imaginado ese poder destructivo como una sombra donde debería estar su alma; una sombra que ponía sus negros dedos sobre todo aquel que lo tocaba para arrastrarlo al abismo.

Había sido así con su padre, su madre, su mujer.

No sería diferente con ella y, sin embargo, seguía pidiéndoselo.

–Si eso es lo que tienes para mí, eso es lo que voy a aceptar –murmuró Allegra, con los ojos brillantes.

Sus palabras le llegaron muy hondo, llenando un espacio vacío en su interior. No tenía derecho a tal consuelo, no se merecía el poder curativo de esas palabras cuando no podía darle nada a cambio.

–No te muevas –murmuró, mientras empezaba a desabrocharse la camisa. La dejó caer al suelo y luego se llevó las manos a la cinturilla del pantalón. Sin dejar de mirarla, se quitó el cinturón y bajó la cremallera despacio mientras Allegra observaba sus movimientos con los ojos brillantes. Había algo perversamente embriagador en ver cómo deseaba vislumbrar su miembro viril; el miembro rígido y ardiente que latía por ella. Estaba tan desesperada por verlo como él por hundirlo en su cuerpo. Lo deseaba, aunque no debería. Aunque sería su ruina.

Apretó los dientes para intentar controlar un deseo que amenazaba con ahogarlo. Cuánto deseaba ser su ruina. Besarla hasta que el carmín estuviera por toda su cara, por todo su cuerpo, hundir las manos en su pelo hasta que estuviese enredado, apretar sus caderas hasta dejar la marca de sus dedos, penetrarla hasta que gritase de placer, hasta que se quedase ronca.

Cuando tiró del pantalón y el calzoncillo a la vez, ella se pasó la lengua por los labios y, mientras se deshacía de las prendas para quedar desnudo, Cristian supo que solo había un sitio donde quería que quedase la marca de su carmín.

–Ponte de rodillas –le ordenó con tono firme.

Allegra no vaciló. Si estaba desconcertada, solo el brillo de sus ojos la delató por un momento. Pero

obedeció sin decir nada. Y qué hermosa era, arrodillada en el suelo de piedra ante él, una ofrenda que no
se merecía.

—Ahora eres muy obediente, ¿no?

—Ya te he dicho que lo quiero todo. Te quiero a ti,
quiero darte esto.

—No deberías hacer esos ofrecimientos a un hombre
como yo porque tomaré hasta que no quede nada de ti.

—Pues así será —asintió ella.

Cristian apretó los dientes. Quería presionarla hasta
un punto donde encontrase resistencia, quería ver la
chispa, el desafío.

Dando un paso adelante, la tomó del pelo para
obligarla a mirarlo y Allegra, con la máscara dorada
ocultando parte de su rostro y los labios entreabiertos,
dejó escapar un gemido.

—Tómame en la boca —le ordenó.

Sin dejar de mirarlo, ella se inclinó hacia delante
para tocar el glande con la punta de la lengua, provocando un incendio tan potente como las llamas que
habían quemado el castillo.

Le sujetó el pelo con intención de controlar sus
movimientos, pero en cuanto lo tomó en la boca,
hasta el fondo, en cuanto se vio envuelto por su húmedo calor y la succión lo empujó al precipicio, supo
que era ella quien llevaba el control.

Él no era nada más que un cautivo, su parte más
vulnerable era esclava de aquella mujer.

Allegra levantó las manos para apretar sus muslos
mientras seguía atormentándolo con su perversa boca,
deslizando la lengua arriba y abajo, con los ojos oscuros clavados en los suyos mientras se echaba hacia
delante para recibirlo hasta el fondo.

Allegra estaba tocándolo así, saboreándolo así. Era

suficiente para hacerlo caer de rodillas, suficiente para enviarlo al precipicio. Cristian tiró de su pelo, usándolo como ancla para no perder el control del todo. Estaba cerca, tan cerca...

—Ya está bien. No quiero terminar así.

—No me importa —dijo ella. La hechicera.

—Necesito estar dentro de ti, en ese cuerpo estrecho y húmedo, mientras me suplicas que te haga mía.

Allegra dejó escapar un gemido cuando tiró de su pelo para ponerla en pie. Y gimió de nuevo mientras ponía las manos sobre su torso, donde Cristian sabía que podría notar los salvajes latidos de su corazón.

Que podría sentir cuánto lo afectaba.

Pero no le importaba. Si lo quería salvaje, entonces lo tendría salvaje.

Inclinó la cabeza para reclamar sus labios mientras la empujaba hacia el sofá y tiró hacia atrás de su gloriosa melena, obligándola a mirarlo.

—Estás a mi merced —murmuró, acariciando con la otra mano su delicada garganta.

—Cristian...

Allegra dejó escapar un gemido de dolor y placer cuando él volvió a tirar de su pelo.

—¿Vas a dejar que lleve el control?

Ella asintió con la cabeza.

—Me alegro porque dijiste que querías esto, que lo querías todo de mí. Espero que no lo lamentes.

Aunque esperaba y sabía que así sería. Porque lo mejor para ella sería salir corriendo, irse lo más lejos posible y no volver a mirar atrás.

La tumbó sobre el brazo del sofá, sujetándola por la cintura, y Allegra gimió al sentir el duro miembro rozando la curva de su trasero, con los pechos aplastados bajo el duro brazo masculino.

–Tengo que hacerte mía –dijo él, con voz ronca–. Te deseo tanto que me duele.

–Sí –susurró Allegra.

Deslizó las manos por sus muslos para rozar el capullo escondido entre los rizos y, al comprobar lo receptiva que estaba, colocó el rígido miembro en la húmeda entrada y empujó hacia delante, disfrutando de sus gemidos de placer.

Podría quedarse así para siempre, entre el cielo y el infierno, tan cerca del precipicio... y sabiendo que lanzarse sería su salvación. Pero no para Allegra.

Aquella era su última oportunidad para reclamar su alma. Mientras unirse a ella podría salvarlo, a ella la llevaría a la ruina.

Se maldijo a sí mismo mientras entraba en su estrecho canal, disfrutando del ardiente guante de terciopelo que lo sujetaba. Masculló una palabrota mientras la embestía y volvió a hacerlo cuando la oyó gemir. Empezó despacio, pero no podía contenerse y aumentó el ritmo hasta que casi perdió la cabeza.

–Te gusta –dijo con voz ronca–, te gusta que esté dentro de ti.

–Sí –susurró ella, arqueando la espalda.

Cristian deslizó una mano desde sus clavículas hasta la elegante hendidura entre sus nalgas, rozando el sitio donde se unían, torturándola y torturándose a sí mismo aún más.

–No puedo –musitó ella–. No puedo.

–Lo harás. Vamos, termina para mí.

Siguió embistiéndola mientras la acariciaba donde sabía que necesitaba sus caricias. Y entonces, de repente, sintió que se dejaba ir. Sintió que lo apretaba con todas sus fuerzas, con el cuerpo estremecido mientras gritaba de placer.

Allegra respiraba con dificultad y Cristian se dio cuenta de que estaba agotada, pero él no había terminado. Se lo había pedido todo y pensaba dárselo.

Tiró de sus brazos hacia atrás para poner las manos a su espalda, sujetando sus muñecas con una mano mientras seguía empujando, duro e implacable.

–No puedo –repitió Allegra, con tono desesperado. Parecía estar rogándole que parase, pero no lo dijo, de modo que Cristian continuó.

Quería estar dentro de ella para siempre, seguir al borde del precipicio, embistiéndola hasta que ninguno de los dos pudiese respirar. Tomándola hasta que fuera suya y solo suya.

Pero el orgasmo era imparable, clavando los dedos en su garganta, estrangulándolo mientras le robaba el control. Se agarró a ella con fuerza mientras aumentaba el ritmo, el único sonido en la habitación eran los jadeos y el golpeteo de sus carnes mientras llegaban a la cima del placer.

El grito gutural de Allegra parecía atormentado, como si tuviese cristales en la garganta. Y, cuando el orgasmo lo sobrecogió, Cristian se estremeció mientras se derramaba en su interior, marcándola, haciéndola suya.

Y luego cayó sobre su cuerpo, agarrándose al brazo del sofá, aún hundido en ella. Sus respiraciones jadeantes hacían eco en la habitación, como una plegaria susurrada solo para ellos dos.

–Te tendré así siempre –dijo Cristian, con voz ronca–. Sin nada entre los dos.

–¿Desnudos?

La inocente pregunta fue como una daga en su corazón.

–Sin preservativo –respondió, con más sequedad de la que había pretendido.

Se apartó de ella y miró el erótico paisaje que habían dejado atrás, la ropa tirada por el suelo anunciando su prisa, su impaciencia.

–¿Es diferente con preservativo?

–Sí.

–Ah, no lo sabía.

Cristian se sintió más culpable que nunca. Claro que no lo sabía. Solo había estado con él y había sido descuidado.

Estudió sus labios hinchados, sus ojos brillantes y sinceros, y el peso que sentía en el estómago se hizo más enojoso.

No era sentimiento de culpa. Había confundido satisfacción con culpabilidad. Era un sentimiento intenso al que no estaba acostumbrado. Sí, la peor parte era la ausencia de culpabilidad. No la sentía, al contrario; se sentía triunfante por ser el único hombre que había estado dentro de su cuerpo, por haberla hecho suya de una forma tan profunda e innegable.

Tenía marcas rojas en las muñecas, donde él la había sujetado, y él tenía marcas de carmín por todo el cuerpo, donde ella lo había marcado.

Era un canalla y ni siquiera podía lamentarlo.

–¿Por qué no querías que viniese aquí? –le preguntó Allegra.

Capítulo 11

CRISTIAN no sabía si le gustaba el rumbo que estaba tomando la conversación. No sabía si quería que se apartase del sexo, que era desafiante, pero al menos no requería ser sincero.

—Es un sitio precioso —dijo ella, tumbándose de espaldas y estirando los brazos por encima de la cabeza. Con la máscara dorada y la luz de las velas iluminando sus pechos desnudos, Cristian se sentía como si estuviese admirando una obra de arte. Una obra de arte que no tenía derecho a poseer.

—Si vamos a hablar, quítate la máscara. No puedes pedirme que me quite la mía si tú conservas la tuya.

Allegra lo hizo, aunque la máscara que le había pedido que se quitase era una inamovible y lo sabía. Y allí estaba, tumbada frente a él, los dos desnudos y despreocupados. Algo más que no se merecía.

—¿Por qué no querías que viniese? —repitió Allegra.

—Este no es un sitio del que tenga felices recuerdos.

Cristian cuestionó la sensatez de contarle eso. No hablaba con nadie del asunto. Jamás le había hablado a Sylvia sobre su infancia y cuando le preguntaba por las pequeñas cicatrices de su cuerpo siempre cambiaba de tema. No eran obvias ni grotescas, y solo eran visibles para alguien con quien tuviese intimidad, pero ni siquiera a su mujer le había contado la verdad.

Por eso era desconcertante estar dispuesto a con-

társela a Allegra. Pero ella le había pedido que se quitase la máscara, ¿y por qué no hacerlo en aquel castillo que era un montón de escombros? Tal vez por fin
así lograría exorcizar a sus demonios. Tal vez por
fin le robaría el poder a aquel sitio.

—Me lo había imaginado —dijo ella—. Pero ¿por qué?
La mayoría de la gente sería feliz creciendo en un
castillo.

—Sabes tan bien como yo que el dinero no da la
felicidad. Tú misma te has sentido infeliz a pesar de
vivir en una casa preciosa.

—Sí, es cierto.

—Mi padre era el alma de todas las fiestas, siempre
con una mujer del brazo, siempre bromeando, pero le
gustaba demasiado beber y cuando bebía perdía la
cabeza. En una ocasión dejó embarazada a una de sus
amantes, una modelo. No le disgustó tanto como debería porque era mayor y había llegado la hora de
sentar la cabeza y tener un heredero, de modo que se
casó con ella.

—Tu madre —dijo Allegra.

—Mi madre, sí. Pero en cuanto nací las cosas cambiaron. Según ella, era como si un demonio hubiera
poseído a mi padre. Algo en mí lo enfurecía y lo pa-
gaba con ella.

—Eso es terrible.

—Mi padre era un hombre terrible, un desalmado.
Pagó su furia con ella durante un tiempo, pero después la pagó conmigo. Era yo quien lo ponía furioso.
Había cambiado su vida, había cambiado el cuerpo de
su amante. Me odiaba por la razón que fuera. Y, sin
embargo, me necesitaba porque yo sería el heredero
de su título, de su fortuna. De modo que, aunque me
odiaba, no podía hacer nada. Solo beber.

–¿Qué pasó aquí, Cristian?

–¿Aquí específicamente? –preguntó él, mirando alrededor–. El bar antes no estaba ahí. Había un mueble muy grande... de mármol, creo. Mi padre me empujó contra él una vez. Creo que ese día no me rompió ningún hueso, solo me magulló algunas costillas.

Allegra se cubrió la boca con la mano y, cuando miró alrededor, Cristian supo que estaba buscando su ropa, porque aquella no era una charla que quisiera mantener desnuda. Necesitaba protección, de él. De su verdad. Y la entendía. Seguramente ardería en el infierno por contarle aquello.

–No recuerdo cuál fue mi trasgresión esa noche, cualquier cosa. Por las noches estaba tan furioso que necesitaba descargar su furia, así que bebía y luego iba a mi habitación. A veces me golpeaba con los puños y más de una vez me tiró por la escalera.

Allegra dejó escapar un gemido.

–¿Intentaba matarte?

–No, claro que no. ¿Cómo iba a heredar su título entonces? –Cristian dejó escapar una cínica risotada–. Un heredero con los huesos rotos era suficiente.

–No puedo... –Allegra se llevó una mano al pecho.

–Es horrible imaginar que alguien pueda hacerle eso a un niño, ya lo sé –siguió él, mirándola a los ojos–. Lo único bueno que hizo por mí fue beber hasta perder el sentido y caer rodando escaleras abajo. Fue un accidente, pero eso lo mató cuando yo tenía diez años.

–Cristian...

–Mi madre no puede ni mirarme. Creo que se culpa a sí misma por haber estado con mi padre hasta que murió. O tal vez me culpa a mí.

–¿Cómo puede culparte a ti? Solo eras un niño.

–Las cosas cambiaron cuando yo nací.

–Pero eso no es una excusa.

–Y tampoco significa que las cosas no cambiasen porque así fue –dijo Cristian, como si no tuviera importancia. Con los años, había aprendido a aceptarlo, pero estando en el castillo era un poco más difícil porque los muros parecían cerrarse a su alrededor, porque el pasado parecía colarse en el presente.

Y, de repente, quería salir de allí. Necesitaba irse y dejar la mitad del castillo en ruinas para demostrar que él estaba vivo y no era una versión torturada del pasado.

Abrió la puerta y salió al pasillo sin importarle su desnudez. Allí no había nadie y, además, no podría sentirse más desnudo aunque estuviera vestido.

Se dirigió a la zona del castillo que estaba en ruinas y miró el paisaje al otro lado, las montañas oscuras apenas visibles a lo lejos y el cielo de medianoche cubierto de estrellas.

Y entonces oyó un ruido tras él.

–No te gusta dejarme solo, ¿verdad? –preguntó, girándose para mirar a Allegra.

–A ti tampoco dejarme sola –respondió ella, dando un paso adelante.

–Tiene gracia. La mitad del castillo está abierta a los elementos. Eso podría ponerse de moda –Cristian intentó reírse–. Una nueva forma de aprovechar una bonita vista.

–Cristian...

–Cuidado. Pareces a punto de regañarme.

–Me estás evitando. Estás evitando lo que acabas de contarme.

–No tiene sentido seguir pensando en ello ni hablar del pasado. No puedo decir que saliera indemne porque no es cierto. No sales de algo así sin una marca y no me refiero solo a algo físico.

—Me sorprende que tú...

—¿Te sorprende que admita que el maltrato de mi padre podría haberme marcado psicológicamente? ¿Tan ciego me crees?

—Lo suficiente –respondió ella.

—Da igual, es el pasado. No hay nada más que decir.

—Por eso te enfadabas cuando creías que no respetaba a mis padres. Pensabas que no entendía lo maravilloso que es tener unos padres que te quieren.

Él se pasó las manos por el pelo mientras tomaba aire. Olía a humo y a mar, y, si cerraba los ojos, también un poco a Allegra.

—Eso fue injusto por mi parte. Mis problemas no descartan los tuyos. Que mi vida haya sido más difícil no significa que la tuya no haya tenido sus dificultades.

—Nadie me pegaba.

—Pero tenías miedo, ¿verdad?

En cuanto pronunció esas palabras se dio cuenta de que eran ciertas.

—Sí, pero tal vez no estaba siendo justa.

—El miedo sale de algún sitio, Allegra.

—Mis padres se disgustaban porque no era como Renzo. Mi hermano es encantador, siempre lo ha sido, atrae a la gente como un imán. No solo a las mujeres, a todo el mundo. Sabe cómo actuar en cada situación y yo, en cambio, no. Para mí era insoportable tener que quedarme sentada y quieta, guardar silencio. En la fiesta de Navidad no era el momento de jugar en la nieve y volver empapada y con la nariz roja, pero siempre lo hacía. Nunca me gritaron, nunca me pega-

ron, pero temía su silencio más que nada. Sigo te-
miéndolo.

–¿Qué es lo peor que puede salir del silencio?

No era lo que siempre había pensado. Se había imaginado que teniendo unos padres que la querían cualquier acto contra ellos sería una traición, pero al saber
de sus miedos no podía verlo del mismo modo.

No creía que sus padres hubieran sido crueles ni
que hubieran querido hacer daño a su hija, pero era
evidente que Allegra estaba herida. Por miedo a perder la relación con su familia había estado dispuesta a
casarse con un hombre al que no amaba...

–No sé quién soy sin el apellido Valenti –dijo ella
entonces–. Sin la casa de mis padres, sin sus famosas
fiestas de Navidad... no sabría quién soy.

–Hace un rato has dejado bien claro que sabes
quién eres y que nadie puede decirte lo que quieres o
dejas de querer.

–Es lo que siento ahora, pero cuando... cuanto te vi
en el baile de máscaras –empezó a decir Allegra–. De
repente se me ocurrió que tal vez podría arruinarlo
todo, soltarme el pelo al menos por un momento para
descubrir quién era en realidad. Para ver lo que quería
y si merecía la pena.

Cristian quería saber qué había sentido cuando por
fin rompió las cadenas. Era muy importante para él.

–¿Y cómo te sentiste después?

–Asustada –respondió ella–. Porque sabía que no
podía casarme con él. En cuanto me dejaste sola en el
pasillo supe que ya no podía casarme con Raphael.
Aunque el embarazo me lo puso más fácil, creo que al
final no me hubiera casado, pero era mejor que todo
se fuera al garete. Era más fácil saber que había ido
demasiado lejos y ya no podía hacer nada. No soy

valiente, tuve que ir dando tropezones para encontrar mi libertad, pero ahora que la tengo... siento que puedo pedir lo que quiera, decirle a la gente quién soy y, aunque no todo el mundo lo apruebe, tal vez no todos me rechacen.

–Me alegro por ti –murmuró Cristian, sintiendo que algo se encogía en su pecho.

–Creo que podemos hacer que esto funcione –dijo Allegra, dando un paso adelante.

–Estamos haciendo que funcione. Nuestro hijo será legítimo.

–Ya, claro, gracias a un matrimonio temporal. Pero ¿por qué tiene que ser temporal?

Esa sencilla pregunta podría haber tirado abajo el resto del castillo. Desde luego, hizo que algo se derrumbase dentro de él.

–Ya te dije que no puedo ser el marido que tú quieres.

–Y otra vez presumes de saber lo que quiero –Allegra suspiró–. Tú puedes ser un marido fiel. Lo fuiste con Sylvia.

–Vivir conmigo la ahogaba. Y no era culpa suya, sino mía por haberme casado con una mujer que necesitaba lo que yo no podía darle.

–Todos llevamos nuestra carga de problemas –dijo ella–. Y tú deberías saberlo mejor que nadie. Quizá eran sus propios problemas lo que la sofocaba.

Cristian no podía negar que tenía parte de razón, pero tampoco podía negar que vivir con él no había sido lo ideal para Sylvia. Que él no había sido el hombre que necesitaba, que tal vez un hombre más sensible, más atento, podría haber tirado las barreras de silencio que ella había levantado. Que podría haber entendido su depresión antes de que fuese demasiado tarde.

–Lo único que digo es que no tiene sentido planear el divorcio. Está claro que somos compatibles en la cama –intentaba mostrarse displicente, pero se había puesto colorada y esa pequeña muestra de inocencia le pareció más excitante de lo que debería. Claro que todo en Allegra era más excitante de lo que debería.

–Sí, lo somos –respondió él con voz ronca.

–Y a veces hasta nos llevamos bien. ¿Para qué vamos a provocar un escándalo? Iba a casarme con un príncipe y jamás se me ocurrió pensar en divorciarme.

–Lo que me pides no es fácil. Un matrimonio implica compartir nuestras vidas, quizá tener más hijos –dijo Cristian. Esa idea lo llenaba de terror. Quería mantener a su hijo lo más lejos posible de él. No porque se imaginase que pudiera ser como su padre, sino porque no quería envenenar una vida inocente. Y eso era él, puro veneno. Desde el momento de su nacimiento, desde que se casó con Sylvia.

Y estaba arrastrando a Allegra a la misma tela de araña.

Sabía que le haría daño si se casaba con ella o si se apartaba. Esa era la naturaleza imposible de la situación.

–No tendremos más hijos –dijo ella entonces.

–¿Qué tal si abrimos esta negociación cuando pasen los dos años?

–¿Y vamos a pasar dos años con la espada de Damocles sobre nuestras cabezas?

–Supongo que, después de esos dos años, dependerá de ti decidir si la espada es el divorcio o seguir casada conmigo. Y entonces tal vez podrás elegir lo que te parezca menos mortal.

Cristian sabía que se cansaría de él porque no era capaz de ceder. Desde que se acostaban juntos había descubierto que era un pozo de generosidad, que nada deseaba más que complacerlo y hacerle feliz.

Cedía y cedía, intentando no herirlo. Ni a sus padres, ni a los demás. Él sabía eso y sabía también que podría aprovecharse de su bondadosa naturaleza para jugar con sus miedos y mantenerla cautiva.

Por eso debería cortar de inmediato. Por eso debía decirle que la relación no podía llegar a ningún sitio, que estarían casados dos años para darle su apellido a su hijo, para hacer que el matrimonio pareciese real, y luego se separarían.

Pero no iba a hacerlo porque ahí estaba su fallo; era un egoísta que quería tomar todo lo que ella le diese, pero no sabía cómo corresponder.

Se había encerrado tanto en sí mismo durante esos años de dolor, de palizas, de abandono que no sabía cómo abrirse. Ni quería hacerlo porque sabía el sufrimiento que había al otro lado.

—Me parece justo —dijo ella en voz baja.

Y Cristian supo que no era verdad.

—Entonces hablaremos del asunto cuando sea necesario. Mañana volveremos a Barcelona —murmuró, mirando las ruinas por última vez—. Un equipo especializado se encargará de salvar esto.

Fuera lo que fuera lo que había esperado encontrar allí esa noche, no lo había encontrado. Había pasado el día escarbando entre los escombros y aún no sabía lo que estaba buscando.

Solo en los brazos de Allegra encontraba satisfacción. Solo ella le daba calor. No había nada más para él allí.

—Muy bien —asintió Allegra, poniendo una mano en su espalda desnuda. Los dos seguían desnudos bajo la luz de la luna.

Cristian se volvió para tomarla por la cintura e inclinó la cabeza para buscar sus labios.

–Espero que no lo lamentes –murmuró, aunque sabía que sería así.

–No puedo lamentar estar contigo. Me has salvado de un matrimonio con Raphael.

–Y te he condenado a casarte conmigo.

–Lo que tú ves como una condena, yo lo veo como estar cerca del cielo –respondió Allegra, tomando su cara entre las manos.

Sus palabras eran como un bálsamo. Y no se las merecía porque no podía darle nada a cambio. No podía hacer nada más que aceptar aquello, abrazarlo hasta que se marchitase y muriese.

Y lo hizo. La besó apasionadamente bajo la luz de la luna, ofreciéndole el placer de su cuerpo. Allí, entre las ruinas, sobre el frío suelo de piedra que no tenía respuestas, se perdió en el cuerpo de Allegra y tomó todo lo que ella le ofrecía sin dar nada a cambio.

Capítulo 12

S E ACERCABA el día de la boda y Allegra no podría decir si su relación con Cristian había mejorado. No habían vuelto a mencionar las cosas que se habían dicho en el castillo, las que ella había estado a punto de confesar, lo que él le había pedido, fingiendo que todo estaba bien.

Cada noche la tomaba entre sus brazos y le hacía el amor apasionadamente. El dormitorio era el único sitio en el que estaban conectados, pero durante el día apenas se dirigían la palabra.

Aquel día llegaba su madre con el nuevo vestido de novia y eso la ponía nerviosa. Junto con la modista para hacer los arreglos necesarios porque el embarazo empezaba a notarse, y eso la ponía aún más nerviosa. Y, por supuesto, su madre la regañaría por haber engordado.

Cuando la puerta del dormitorio se abrió, Allegra se armó de valor y, después de los pertinentes saludos, tuvo que quitarse la ropa y subirse a una peana para probarse un vestido con escote palabra de honor y un miriñaque que, supuestamente, debía sujetar la falda.

—No hay razón para no parecer una princesa el día de tu boda, aunque no vayas a casarte con un príncipe –anunció su madre.

—No, claro –asintió Allegra, incómoda mientras la modista clavaba alfileres en la tela.

–Has engordado un poco –dijo su madre, al ver que las costuras se abrían.

–Estoy esperando un hijo, es lo normal.

–Cristian es el padre del niño, ¿no? ¿O solo va a casarse contigo para proteger tu honor?

Allegra estuvo a punto de caerse de la peana.

–En serio, madre, a Cristian no le importa mi honor. De hecho, durante los últimos meses se ha encargado de mancillarlo.

La señora Valenti arqueó una oscura ceja.

–Hay cosas que no necesito saber, hija.

–Entonces no hagas preguntas tan indiscretas.

Su madre torció el gesto.

–Hoy estás muy rara.

–Llevo rara desde que me quedé embarazada.

–Cristian es una buena elección.

–Sí, lo es. Solo lamento no haber hecho esto de otra forma.

En tantos sentidos. No solo por haber roto su compromiso con Raphael, sino por cómo había lidiado con sus sentimientos por Cristian, que habían estado ahí siempre. Podría haber terminado casada con Raphael estando enamorada de él... y ese pensamiento era aterrador.

–Parece que Raphael tenía una amiguita, la princesa Bailey. ¿Has oído un nombre más ridículo?

–Es muy guapa.

–Sí, ya. Y, según las revistas, está embarazada.

–Yo también –le recordó Allegra.

–Si los dos estabais deseando tener una familia, no sé por qué no la habéis formado el uno con el otro.

–No es tan sencillo, pero parece que al final los dos vamos a conseguir lo que queríamos. No creo que hubiéramos podido fingir que nos queríamos, madre. Ni siquiera me ha besado en estos seis años.

–De nuevo, hay cosas que no tengo por qué saber.

En ese momento, sonó un golpecito en la puerta.

–¿Puedo entrar? –preguntó Cristian desde el otro lado.

–No –respondió su madre–. Allegra se está probando el vestido y da mala suerte que lo vea el novio.

–No te pongas dramática, madre.

–Vas a necesitar suerte. Si algo sale mal con esta boda no solo te desheredaré, te mataré.

Allegra puso los ojos en blanco mientras la modista la ayudaba a quitarse el vestido, que cambió por una camiseta y unas mallas. Una transformación lamentable.

–Ahora puedes entrar.

Se le aceleró el corazón cuando Cristian entró en la habitación, guapísimo con una camiseta negra y unos tejanos oscuros. Vestido con ropa informal, o desnudo, Cristian la afectaba siempre y tenía la impresión de que no podía disimular.

–Hola, señora Valenti –la saludó.

–Hola, Cristian. No he sabido nada de ti desde que dejaste embarazada a mi hija y provocaste un escándalo.

–Hemos estado ocupados –respondió él.

–Sí, claro. Me imagino que os habéis dado al desenfreno carnal.

–Madre, acabas de regañarme por dar demasiada información.

–Es cierto, pero no puedo olvidar lo que me has contado.

–El desenfreno es abrumador –replicó Cristian, burlón–. No hay tiempo para nada más.

–Ya, claro. Cristian, siento mucho lo del castillo. Habría sido un sitio maravilloso para celebrar la boda.

–Dudo que nos hubiéramos casado allí –se apresuró a decir Allegra, horrorizada al pensar en Cristian obligado a casarse en un lugar que tenía tan tristes recuerdos para él.

–¿Por qué no? Si tienes un castillo a tu disposición...

–Tristemente, ya no lo tenemos –dijo él–. Al menos, no todo el castillo. La mitad del edificio ha quedado en ruinas. ¿Puedo tomar prestada a Allegra un momento?

–¿Para daros al libertinaje? –preguntó su madre.

–No, nada tan excitante.

A Allegra le sorprendía lo encantador que podía ser con otras personas. Aunque no debería sorprenderle porque lo había visto muchas veces a lo largo de los años. Esas últimas semanas con él habían sido muy intensas. A veces era amable con ella, otras se encerraba en sí mismo, pero nunca era fácil.

–Hemos terminado con la prueba, pero volved antes de cenar –dijo su madre entonces.

Él asintió, entrelazando los dedos con los de Allegra. Era un gesto tan inusual que el corazón hacía eco en sus oídos mientras la llevaba a su dormitorio. Nunca iban de la mano. Lo suyo eran abrazos apasionados y besos embriagadores, pero aquel sencillo gesto de intimidad le afectó de una forma que no sabría explicar.

Entrar en su dormitorio también le resultó raro. Dormían juntos, pero siempre en la habitación de Allegra porque Cristian quería tener su propio espacio.

–¿Qué ocurre? –le preguntó, nerviosa.

–Tengo algo para ti –respondió él, soltando su mano para acercarse al escritorio.

–¿Quieres decir aparte de la boda y de nuestro hijo?

Al mencionar a su hijo Cristian torció el gesto. Era evidente que no se sentía cómodo hablando de ese tema. Ella, en cambio, sí. Tal vez porque la situación aún le parecía irreal. Estaba embarazada de tres meses y ya era hora de enfrentarse al hecho de que iban a tener un hijo, pero no iba a presionarlo por el momento.

–Encontraron esto entre los escombros del castillo –dijo Cristian, tomando una caja plana de terciopelo–. Es una joya de la familia, parte de la colección de la que salió tu anillo.

En el interior de la caja había un collar de diamantes de color champán brillando en su hermoso engaste de platino.

–Es precioso –dijo Allegra, dando un paso adelante.

Cristian tenía un título nobiliario muy antiguo, de modo que tanto el collar como el anillo habían pertenecido a otra persona. Y tenía que preguntarse si habrían sido de su madre o de su esposa. No sería justo disgustarse si así fuera. Además, Sylvia había muerto y era absurdo sentir celos de ella.

Pero era la mujer a la que Cristian había elegido. Ella, en cambio, era la mujer con la que se veía obligado a casarse.

Allegra torció el gesto.

–¿Qué ocurre? –preguntó Cristian.

–Nada.

–Pero pareces enfadada y esa no es la reacción que un hombre espera cuando regala una magnífica joya. Claro que ya debería saber que nunca puedo predecir tus reacciones.

–Si pudieras predecirlas, no te gustarían mucho.

–¿Por qué estás enfadada?

–No estoy enfadada. Dame el collar.

–No –dijo él, cerrando la tapa de la caja–. No hasta que me digas por qué te has enfadado.

–Se me pasará cuando me des mi regalo.

–No, espera. Quiero presentar esto como un hombre presenta un regalo a su prometida.

Cristian se colocó a su espalda, tan cerca que podía notar el calor de su cuerpo. Aunque estaba enfadada con él, su proximidad la excitaba y siempre sería así.

Sacó el collar de la caja y se lo puso al cuello, rozando sus clavículas con las puntas de los dedos.

–¿A cuántas mujeres les has regalado este collar? O el anillo.

–A ninguna –respondió él mientras abrochaba el cierre.

–¿A ninguna?

–He estado casado, ya lo sabes. Si eso es un problema porque no eres la primera mujer que comparte mi título y mi apellido, entonces lo lamento por ti. No puedo cambiar el pasado –Cristian hizo una pausa–. Lo haría, te aseguro que sí, pero no puedo hacerlo.

–¿No te habrías casado con ella?

–No, pero por ella, no por mí.

Allegra esperaba con todo su corazón que ser la única mujer a quien le había ofrecido aquella joya tan importante tuviese algún significado.

–¿Por qué no le regalaste el collar? ¿Por qué me lo regalas a mí?

–A Sylvia le gustaban las cosas modernas y no quería saber nada de unas joyas tan antiguas, pero este collar me recuerda a ti. A tu máscara. En fin, toda nuestra relación es un poco anticuada.

–Aparte de nuestro primer encuentro como dos des-conocidos.

–¿No crees que esas cosas también se hacían cuando forjaban estas joyas? Seguro que sí. Y cuando había un embarazo tenían que casarse, que es lo que vamos a hacer tú y yo.

–Sí, supongo que tienes razón.

–Te queda bien –dijo Cristian.

–Gracias –murmuró Allegra, levantando una mano para tocar las pesadas piedras–. De verdad.

–Mi madre tampoco lo llevó nunca. Mi padre no se lo regaló porque no creía que se lo mereciese... esa es otra razón por la que quiero que lo tengas tú. Mi padre dejó embarazada a mi madre, pero la consideraba una cualquiera. Se portó con ella como si sus pecados no tuviesen nada que ver con él. Y yo era la extensión de eso. Ella no era la clase de mujer que hubiera elegido como esposa.

–Y yo tampoco –dijo Allegra con el corazón en la garganta.

–No, tú no eres la mujer que yo hubiera elegido, pero eso no habla mal de ti, sino de mí.

–¿Se supone que eso es un cumplido?

–Sí –respondió Cristian, mirándola con sus insondables ojos oscuros.

–Pues no lo es. No me siento mejor sabiendo que no me habrías elegido a mí. Ninguna mujer quiere casarse con un hombre que no la hubiera elegido como esposa.

–No tienes que seguir casada conmigo. Ya hemos hablado de esto muchas veces. Eres tú quien parece pensar que deberíamos seguir casados y creo que al final te darás cuenta de que no es buena idea.

–Por tu triste pasado, ya lo sé.

–He dejado claro de dónde vengo y por lo que he pasado. Yo no puedo darte lo que tú quieres, Allegra.

–¿Tú sabes lo que quiero?

–Me imagino que quieres un hombre que pueda... sentir.

–Tú sientes, Cristian –dijo ella, poniendo la palma de la mano sobre su torso para sentir los latidos de su corazón.

Él negó con la cabeza.

–Es como si hubiera un muro dentro de mí que no puedo romper. Y aunque pudiera, no sé si querría hacerlo. Las emociones descontroladas provocan cosas feas, peligrosas. Solo me he dejado ir contigo... –su oscura mirada buscó la de Allegra y ella sintió el impacto en el estómago.

–¿Y aun así no me habrías elegido?

–Esa es precisamente la razón –respondió Cristian.

Esas palabras fueron como una descarga eléctrica. Y con ella nació la esperanza. Ella lo asustaba. A Cristian Acosta, un hombre que podría estar hecho de piedra, un hombre tan parecido al castillo que tanto odiaba.

Imperioso, pero vulnerable. Hundido por las llamas y reducido a escombros que hacían lo que podían para mantenerse en pie.

No la hubiera elegido porque lo desafiaba, porque le daba miedo. Él había dicho que no podía tirar el muro, pero Allegra sabía que sí era posible. Sabía que estaba poniéndolo a prueba, agrietándolo, desmoronándolo poco a poco. Y por eso la rechazaba.

–¿Sabías que era yo? –le preguntó.

–No –respondió él con tono fiero.

–No te creo.

–Dijiste que no sabías que era yo, que si hubieras

intuido que era yo quien te ofrecía la mano esa noche te habrías dado la vuelta.

–Te mentí, como me mentí a mí misma. Quería creer que no sabía que eras tú, pero en mi fuero interno lo sabía. Cuando bajaste por la escalera esa noche, de repente el mundo dejó de girar. Solo podías ser tú, Cristian.

–¿Por qué? –preguntó él con la voz quebrada.

–Porque tú eres el único que me hace sentir así. ¿Por qué crees que me enfadaba tanto contigo? Porque me hacías sentir cosas para las que no estaba preparada. Yo era una niña, tú eras mucho mayor y estabas casado... te odiaba y te deseaba al mismo tiempo, sabiendo que eras de otra mujer –Allegra empezó a reírse, nerviosa–. Me sentía torturada como una heroína de novela romántica.

–No sabías que era yo –insistió él.

–Sí lo sabía. No podía ser otra persona. Yo era virgen, Cristian. ¿De verdad crees que me hubiera entregado a un desconocido?

En los ojos oscuros apareció un brillo de incertidumbre y Allegra decidió abrirle su corazón.

–No lo habría hecho y tú lo sabes –siguió–. Temía perder a mis padres y temía casarme con Raphael, pero sobre todo temía el escándalo, perder mi seguridad. Nunca me he atrevido a vivir de verdad, pero me asustaba vivir sin saber lo que era ser tocada por ti. Lo que era ser besada por ti.

–Puede que te hayas convencido a ti misma de que sabías que era yo, pero te garantizo que yo no lo sabía.

–No lo sabías –repitió ella con tono burlón–. ¿No sabías que la mujer que estaba llenando su plato de pasteles, la que tomó tu mano sin vacilar, como si tú fueras su salvación, era la chica frente a la que habías cenado tantas veces durante una década?

–No –respondió Cristian.

Allegra enredó los dedos en su pelo, obligándolo a mirarla a los ojos. Y luego, sin decir nada, se apoderó de sus labios.

Capítulo 13

CON cada beso, con cada roce de su lengua, lo llamaba mentiroso. Lo era, lo sabía. Tenía que serlo. Como ella. Había intentado protegerse a sí misma durante demasiado tiempo y sabía que Cristian hacía lo mismo.

Estaba tan segura que no se guardó nada mientras seguía vertiendo sus emociones en él.

Lo deseaba tanto... Pero era más que su cuerpo, más que el matrimonio. Lo quería todo de él, cada pieza rota, aunque la dejase marcada para siempre. Había querido demostrar que no quería ocultarle nada y él seguía insistiendo en que no tenía nada que ofrecer, que no sabía que era ella esa noche, que no era nadie especial. Que nada en él la había reconocido.

«Tal vez sea cierto», le dijo su vocecita interior. «Tal vez no lo sabía. Tal vez no eres especial».

Allegra se rebeló contra esa voz mientras lo besaba con pasión y Cristian, incapaz de resistirse, la envolvió en sus brazos, apretándola contra su torso, reclamándola, anulándola.

No era más que una temblorosa masa de deseo entre sus brazos, pidiendo lo que él pudiera darle. Aunque no fuera suficiente, aunque la dejase siempre queriendo más. Aceptaría lo que le diese.

Cuánto le gustaba, cuánto lo amaba. Con toda su alma. No quería permanecer callada, no quería guardar silencio, no quería comportarse. Y, por eso, verbalizó su placer sin ninguna vergüenza. No había nada de lo que sentirse avergonzada estando con él.

Cristian hacía que revelase todos sus secretos, hacía que los disfrutase, que abrazase esa parte de sí misma. ¿Cómo podía pensar que iba a destruirla? Al contrario, estaba dándole una vida. Por fin era ella misma gracias a él.

Cristian le quitó la camiseta y acarició y lamió sus pechos desnudos mientras ella le sujetaba la cabeza, disfrutando de cada segundo de placer. Luego se puso de rodillas para tirar de sus mallas y bragas al mismo tiempo, dejándola completamente desnuda. Deslizó las manos por los suaves muslos y empujó sus nalgas mientras le daba placer con su perversa lengua.

Era un placer que Allegra no había creído posible. La hacía fantasear con hacer cosas en las que no había pensado nunca. Sabía que nunca volvería a ser igual con otro hombre y no quería que lo fuese.

Antes era un ser pálido, la imagen que los demás habían creado de ella, pero desde que estaba con él era la verdadera Allegra, creada por la pasión que sentía por aquel hombre, por su deseo, por su amor.

Movía las caderas al ritmo de sus caricias, perdiéndose por completo, sin sentir vergüenza. Aquel era un sitio seguro en el que podía expresarse sin miedos. Después de eso tendrían que hablar y ahí estaba el riesgo, pero, por la razón que fuera, Cristian parecía capaz de olvidar sus reservas en esos momentos. Era sincero con su cuerpo y ella no le daría menos a cambio.

Cada roce de su lengua sobre el capullo escondido entre los rizos la hacía temblar, el placer era tan intenso que pensó que iba a romperse por dentro. Pero cuando volvió en sí después del orgasmo se encontró a sí misma de nuevo, no rota, sino perfecta y más entera que nunca.

Cristian tiró de ella para tumbarla en el suelo y se hundió en ella, empujando con fuerza, obligándola a levantar las caderas para recibir su invasión. Estaba arraigado dentro de ella, llenándola, dilatándola.

Estaba en todas partes, sobre ella, en ella. Su aroma, el peso de su cuerpo, sus jadeos, el intenso brillo de sus ojos, todo la abrumaba. En ese momento era hasta el aire que respiraba.

La embestía como un salvaje, sin control, y Allegra lo agradecía porque no quería que se controlase. Lo quería tan salvaje como ella para romper ese muro de su interior. Tenía que dejar de esconderse para proteger lo que una vez había sido herido casi hasta el punto de no tener reparación.

Envolvió las piernas en su cintura, arqueándose hacia él, urgiéndolo. Podía sentir que empezaba a perder el control hasta que se dejó ir, estremecido, con el cuerpo sacudido por los temblores. Y ver a ese hombre inalterable completamente deshecho por ella fue suficiente para dejarse caer por el precipicio. Se abrazaron el uno al otro, magullados por la tormenta de placer. Allegra se agarró a él como si le fuera la vida en ello hasta que pudo respirar de nuevo. Hasta que pudo pensar.

De repente, Cristian tomó su cara entre las manos y la besó con una intensidad que la dejó sin aliento. Era un beso interminable, cargado de una ternura tan devastadora que casi le dolía. Era el beso que no pudieron darse esa primera noche sin delatarse.

Y entonces, mientras la niebla de la pasión se disipaba, murmuró:

–Te quiero, Cristian.

Esas palabras fueron como un balazo en el pecho de él. Era su gran deseo, su gran miedo... todo eso frente a él mientras estaba desnudo en el suelo de la habitación. No había podido esperar para llevarla a la cama, que estaba a solo unos pasos. ¿En qué lo convertía eso? ¿Quién era con ella? ¿Qué le había hecho aquella hechicera?

Era una pregunta que se había hecho desde el momento en que la miró y vio a una mujer, no una niña. Una pregunta que afilaba su lengua mientras intentaba encontrar algo que pudiese criticar. Algo que evitase llegar a la verdad: que no había nada que criticar porque Allegra era la perfección para él.

Una perfección que podía colarse bajo sus defensas y arruinar al hombre en el que se había convertido.

–No –murmuró, empujándola para levantarse.

–¿Me estás diciendo que no, como si pudieras controlar mis sentimientos?

–Tú no me quieres, Allegra.

–Soy yo quien tiene que decidir eso, no tú.

–Tú no sabes nada. Eres una niña mimada para quien casarse con un príncipe no era suficiente, por eso inventaste la fantasía de hacer el amor con un desconocido. Y la fantasía continúa, como si tu transgresión fuese a levantar tu vida. ¿Es que no te das cuenta? Esas son historias para adolescentes.

Cristian hablaba con tono frenético, desesperado, como intentando convencerse a sí mismo. Era lo más sensato. ¿Por qué iba a arruinar su vida atándose a él? Allegra tenía poco más de veinte años y no sabía nada del mundo. Nada de la vida.

Y, desde luego, no sabía nada de él.

–Es una historia fascinante, Cristian. Si ser un duque no te funciona tal vez deberías dedicarte a escribir historias de ficción.

–Ya sé que a ningún niño le gusta que le digan lo joven que es, pero en este caso creo que harías bien escuchándome.

–¿Para qué? ¿Para que me hagas sentir como una loca, como si en estas semanas no hubiera pasado nada? Aunque pudieras, eso no borra lo que yo sé.

–De lo que te has convencido a ti misma.

–Yo sabía que eras tú –anunció Allegra entonces.

Esas palabras eran como pronunciar una obscenidad en una iglesia. No podía aceptarlas.

–No sabías que era yo. Estás inventando esa historia porque te conviene, porque intentas convertir esto en un cuento de hadas y darle un final feliz, pero conmigo no hay finales felices.

–¿Tan convencido estás de eso?

–Lo he visto con mis propios ojos. ¿Cuándo vas a darte cuenta de la verdad? El matrimonio de mis padres terminó en tragedia. Mi padre se mató bebiendo, mi madre se dedica a ir de fiesta por todo el mundo para olvidar el sonido de los huesos rotos de su hijo a manos de su marido. ¿Y Sylvia? Pregúntale a Sylvia por los finales felices. Una mujer frágil con un hombre que solo sabe romper cosas hermosas y frágiles. ¿Qué otro final podía haber? Ella quería lo que yo no podía darle y, al final, eso fue lo que la mató.

–No –dijo Allegra en voz baja–. Tú mismo me contaste que sufría una enfermedad mental.

–Miles de personas viven hasta los cien años con una enfermedad mental, pero mi mujer ha muerto. ¿Por qué crees que murió? Porque nunca supe apoyarla ni estar a su lado cuando me necesitaba.

–Te gusta hacerte el mártir porque así puedes mantener a la gente a distancia.

–¿Me estás acusando de tener complejo de mártir?

–Estás convencido de que envenenas todo lo que tocas y eso te permite alejarte de la gente para que no te conozcan, para que no vean que no eres más que un niño dolido y asustado –la expresión de Allegra se suavizó–. Pero lo eres. ¿Cómo no vas a serlo?

–No cometas el error de pensar que soy un niño perdido al que tienes que salvar. Me he salvado a mí mismo, me he convertido en el hombre que quería, un hombre duro. No lo lamento, pero no puedo ser el marido que espera una mujer como tú y tampoco seré nunca un buen padre. Lo mejor que podrías hacer es divorciarte de mí y darle a nuestro hijo un padrastro que no se parezca nada a mí.

–¿Quieres que otro hombre comparta mi cama? ¿Que otro hombre críe a tu hijo?

–Lo que quiero y lo que debo hacer son dos cosas diferentes.

Ella lo estudió en silencio durante unos segundos.

–Tienes razón. Lo que quieres es esconderte –murmuró después–. Y lo que debes hacer es seguir adelante con esto por mí y por nuestro hijo.

–Haré lo que tenga que hacer para darle a nuestro hijo mi apellido y un heredero al ducado.

–Pero nuestro hijo es mucho más que eso, Cristian. Puedes intentar distanciarte pensando que solo es un heredero para tu linaje, pero algún día tendrás que enfrentarte al hecho de que vas a tener un hijo de carne y hueso. Un niño o una niña que querrá y necesitará a su padre.

–No si yo puedo ser ese hombre.

Allegra sacudió la cabeza.

–No vas a hacerle daño. No le harías daño a un niño.

–No hace falta romper huesos para hacerle daño a alguien.

–No hables así, tú no eres tan frío.

–Te refieres al sexo –replicó él.

–Pero ahí está la verdad –insistió Allegra–. Al menos cuando estás dentro de mí eres sincero sobre tus sentimientos.

–Confundes los orgasmos con los sentimientos. Muchas vírgenes lo han hecho antes que tú. Soy bueno en la cama, pero eso no significa que me importes más de lo que me han importado otras mujeres. Y ha habido muchas, Allegra. Antes de mi matrimonio no era un monje precisamente...

–No sigas –lo interrumpió ella–. Estoy empezando a pensar que tú lo crees de verdad, pero yo no. Estás inventando excusas, retorciendo la verdad a tu conveniencia. Te has engañado a ti mismo, pero a mí no me engañas.

Cada palabra era como un latigazo que lo hacía sangrar. Desearía... desearía que fuese verdad, que todo fuera fan fácil, pero se sentía como encadenado y por mucho que lo intentase no era capaz de liberarse. ¿Y qué clase de monstruo ataría a una mujer y a su hijo en una mazmorra? Allegra y su hijo tendrían que estar con él y él estaba en un sitio que nadie debería pisar. No, no podía hacerle eso.

–Nos casaremos la semana que viene como hemos planeado y cuando nazca el bebé nos divorciaremos. No esperaremos dos años. Nuestro hijo nacerá mientras estemos casados y no hay más que hablar. Pero en cuanto a ti y a mí, no hay nada. No volveré a tocarte, no volveré a besarte y no nos acostaremos juntos.

–Cristian... –empezó a decir ella, dolida–. Por favor, no lo hagas. Tú sabías que era yo y yo sabía que eras tú desde el principio. Y por eso... por eso quisimos engañarnos, porque sabíamos dónde terminaría. Pero puede ser algo más, tiene que serlo, solo tienes que ser valiente y...

–Ya está bien –la interrumpió él–. Tuve la valentía de levantarme cada mañana con los huesos rotos y enfrentarme a mi padre en la mesa. De niño tenía valor, pero no sirvió de nada. Si solo hiciese falta valor me habría liberado hace mucho tiempo, pero tú quieres resucitar algo que está muerto. No está escondido, está muerto. Y me alegro, nunca lo he lamentado –añadió, apartando la mirada. No era cierto y lo lamentaba en ese momento más de lo que hubiera podido imaginarse–. La decisión está tomada, no puedes obligarme a seguir casado contigo.

–No quiero obligarte a nada –dijo ella, con los ojos llenos de lágrimas, aunque Cristian sabía que no se las merecía–. No quiero estar con un hombre que no me quiere. Tuve ese futuro ante mí una vez y no pienso volver a soportarlo.

–Entonces, estamos de acuerdo –Cristian se apartó, con el corazón en la garganta–. Tengo unos asuntos que solucionar en París, pero volveré antes de la boda. Mientras tanto, deja que tu madre se encargue de todos los preparativos. Eso la hará feliz.

–Sí –asintió Allegra–, eso la hará feliz.

–Vístete –le ordenó él con sequedad.

Algo en la expresión de Allegra cambió entonces; un cambio infinitesimal, apenas destacable, pero tuvo la impresión de que había cometido un error, un grave error.

–Como quieras –murmuró ella.

Cuando empezó a vestirse, sin protestar, supo que era demasiado tarde para alejarse de Allegra sin destruir algo en ella. Porque la Allegra de antes no hubiese obedecido sin rechistar.

Y nunca había anhelado tanto una pelea.

Capítulo 14

ERA el día de su boda y Allegra sabía que debería sentir algo, aparte de aquella angustia en el pecho. Pero no había nada más que dolor y una vaga sensación de náusea. Podría pensar que era debido al embarazo, pero sabía que no era así. Era su corazón roto; algo de lo que había intentado protegerse desde el momento en que miró a Cristian y vio quién era en realidad.

No había logrado protegerse; al contrario, se había lanzado de cabeza a aquella aventura destinada al fracaso. Y mientras miraba su vestido de novia colgado en la percha se preguntó qué haría si pudiese volver atrás.

Estar con él la había cambiado en lo más hondo, de una forma indeleble, convirtiéndola en otra persona.

Recordó entonces vagamente el cuento *El conejo de peluche*. El conejito que había sido apretujado hasta quedar raído y escuálido. Y solo entonces se había vuelto real. Supuestamente, había una moraleja alentadora en el cuento, pero a ella siempre le había parecido triste que te valorasen solo después de haberte robado el color y la alegría.

Si ese era el caso, entonces había pasado la prueba con Cristian.

Intentó tomar aire, pero no era capaz de llenar sus pulmones. La tristeza le impedía respirar.

¿Por qué iba a casarse con Cristian, para evitar un

escándalo que ya no le importaba? Tenía que casarse con él para darle a su hijo... ¿qué? ¿Un padre que solo había prometido ser distante, un título nobiliario y un castillo que había quedado reducido a escombros?

Nada de eso le había dado felicidad a Cristian. Entonces, ¿por qué actuaban como si fuera necesario darle a su hijo algo que no había sido más que una rueda de molino al cuello?

Entonces sonó un golpecito en la puerta y Renzo asomó la cabeza en la habitación.

—¿Estás preparada?

Al verlo, Allegra estuvo a punto de ponerse a llorar. Tras la despedida de Cristian había tenido que hacerse la fuerte para demostrar a sus padres que todo iba bien, aunque no era verdad. Pero delante de Renzo, la persona que siempre la había apoyado, la única persona que la querría pasase lo que pasase, sintió que estaba a punto de derrumbarse.

—No, no estoy preparada —murmuró.

—Falta poco para que empiece la ceremonia.

—Lo sé.

—Cristian está aquí. No ha salido corriendo, como podrías haber temido. Él sabe que lo buscaría hasta el fin de la tierra y lo mataría con mis propias manos —el tono serio de Renzo dejaba claro que lo haría.

—No hará falta —murmuró ella.

—Aún estás a tiempo de dar marcha atrás.

—¿Estás sugiriendo que deje plantado a tu mejor amigo?

—Si eso es lo que quieres...

—Lo que yo quiera no tiene nada que ver con esto.

—No quiero que te haga daño, Allegra.

—Es un poco tarde para eso.

—Me lo temía —Renzo tomó aire—. Hay muchas

expectativas puestas en ti, Allegra. Pero ¿qué expectativas tienes tú para tu vida?

–Voy a tener un hijo y debo hacer lo que sea mejor para él.

–Siempre he pensado que eso es ridículo. La felicidad de una madre tiene que ver con la felicidad de su hijo. No tiene sentido sacrificarse para que el hijo sepa que es una carga para ella. Nuestra propia madre no es ninguna mártir.

Allegra esbozó una sonrisa.

–No, desde luego.

–Es fuerte y, aunque sé que te ha impuesto sus expectativas, tú sabes que ella toma sus propias decisiones. ¿No es lo que quieres que vea tu hijo?

–Sí, supongo que sí.

–Sé fuerte y toma la decisión que mejor te parezca. Si no, algún día tendrás que contarle a tu hijo que fue el final de tu existencia, que te arruinó la vida.

Allegra pensó en Cristian, en lo que sentía por su padre, en lo que creía haberle hecho a su padre.

–No, por supuesto que no.

–Si decides no entrar en la iglesia, yo no voy a juzgarte.

–Pero decepcionaría a todos. Mamá ha dicho que me desheredaría...

–No lo hará. Y aunque lo hiciera, esa no es razón para seguir adelante con el matrimonio, Allegra. Eres tú quien debe decidir si quieres casarte con Cristian. Es tu vida y debes intentar ser feliz –Renzo hizo una pausa y, por un momento, vio un brillo de dolor en los oscuros ojos de su hermano–. No dejes que nuestros padres decidan por ti, no dejes que nadie decida por ti. Tu futuro es tuyo y de nadie más. La alternativa es que lo lamentes para siempre... y sé de lo que hablo.

Su hermano salió de la habitación y Allegra se volvió para mirar el vestido. Tenía razón sobre una cosa, era su vida. En cuanto a la felicidad... eso era algo tan fugaz. No sabría decir si amar a Cristian la hacía feliz o infeliz. Le había dado momentos de felicidad, pero también la hería más que nadie. Lo que sentía por él era más aterrador, más intenso que ninguna otra emoción y no sabía si a eso podía llamársele felicidad.

Ella quería amor. No podía casarse con Cristian solo para divorciarse. No podrían vivir bajo el mismo techo si él estaba decidido a no tocarla. ¿Esperaba que siguieran juntos mientras él salía con modelos de ropa interior?

No, no podría soportarlo.

Amar a Cristian no era fácil, pero aunque temía que no hubiese marcha atrás, debía tomar una decisión.

Renzo tenía razón. Su madre no era un felpudo ni una cobarde y dudaba que una mujer tan fuerte quisiera que su hija tomase decisiones desde una posición de debilidad.

Era su vida, su amor. Y no iba a dejar que Cristian hiciese promesas matrimoniales frente a cientos de personas si no pensaba respetarlas. Ella estaba dispuesta a amarlo, a vivir con él y a olvidar a todos los demás, pero no permitiría que Cristian mintiera. Ni por honor, ni por linaje ni para evitar que su hijo fuese ilegítimo.

Allegra miró el vestido de novia por última vez y luego se dio la vuelta y salió de la habitación.

Allegra iba a dejarlo plantado, eso era evidente. Cristian estaba ante el altar, pero la novia no aparecía y se dio cuenta de que no iba a hacerlo.

Su Allegra, que había aparecido tantas veces cuando no la esperaba, que lo había perseguido mientras estaba escarbando entre los escombros del castillo, no iba a aparecer el día que debía hacerlo.

Miró a Renzo, que estaba a su lado.

—Parece que tu hermana no va a venir. Supongo que tú no sabes nada, ¿no?

Renzo arqueó una ceja.

—Allegra toma sus propias decisiones.

—¿Qué te ha dicho?

—Creo que es más importante saber qué le has hecho tú.

—Solo me ofrecí a casarme con ella.

—Ya, claro, solo eso —murmuró Renzo, irónico—. Debes de haber hecho algo mal, porque sé que mi hermana te quiere, que te ha querido desde que era una cría, cuando aún no entendía lo que eso significaba. Pero Allegra no está aquí ahora mismo, el día de su boda, de modo que solo puedo concluir que le has hecho daño. Y la aplaudo por no aparecer.

Sin pensarlo ni un segundo, Cristian se dirigió hacia el pasillo de la iglesia, ignorando el murmullo de sorpresa de los invitados.

Entró en la villa como una tromba, tirando un jarrón sin darse cuenta. Seguramente una pieza recuperada del castillo, antigua y de incalculable valor, pero le daba igual.

—¿Allegra? —gritó, aunque sabía que no obtendría respuesta. Gritó su nombre mientras recorría los solitarios pasillos de una casa vacía.

Vacía porque su futura esposa no estaba allí.

Entró en el dormitorio y vio el vestido de novia colgando de la percha, como riéndose de él.

Allegra se había ido y Renzo tenía razón: era culpa

suya, él la había alejado. La única mujer que había querido encontrar algo bueno en él, por fin se había rendido. Y se lo merecía. Nunca se había merecido que entrase en la iglesia para casarse con él y, sin embargo, había querido que lo hiciera. Le había dicho que pediría el divorcio, que no volvería a tocarla, pero pensaba hacerla suya esa noche, su noche de bodas. Había pensado seguir arrastrándola con él porque era débil, porque si no podía salir de su prisión iba a encerrarla con él. No era lo bastante fuerte como para vivir sin Allegra. No quería vivir sin ella.

Lo había acusado de ser un cobarde y él había rechazado tal acusación, pero en ese momento entendía que estaba en lo cierto. Volvió a pensar en esa noche en Venecia, en el baile de máscaras... y por fin tuvo que reconocer la verdad.

Mientras bajaba por la escalera no podía dejar de mirar a la bella mujer de pelo largo y rizado que caía sobre sus hombros desnudos. La había visto por detrás y había experimentado un estremecimiento de reconocimiento; un estremecimiento que, se había dicho a sí mismo, era simple atracción sexual.

Solo ella podía hacerle eso.

Sabía que era ella, por supuesto que sí. Todo en él había respondido ante aquella nueva Allegra. Llevaba tres años solo y ninguna mujer lo había afectado de ese modo, pero se convenció a sí mismo de que era la emoción de sentirse excitado por una desconocida.

Se acusaban el uno al otro de haber fabulado aquella historia y los dos tenían razón; los dos habían inventado una mentira para poder actuar sin consecuencias, sin miedo.

Pero siempre había sido ella. Siempre. Desde el momento en que la vio como una mujer.

Todo en ella lo atraía, su inocencia, su juventud, su pasión. Se decía a sí mismo que odiaba todo eso porque la otra opción era que le encantaba y no podía permitírselo.

Por supuesto que la amaba, claro que sí. Siempre la había amado, pero solo en ese momento, cuando ya era demasiado tarde, era lo bastante valiente como para reconocerlo. Cuando se le había escapado de las manos para siempre.

Amaba a la mujer que esperaba un hijo suyo, la que debería haber sido su esposa. La mujer a la que él había destruido como destruía a todos aquellos que le importaban.

No había solución. Él no tenía solución. Pero en ese momento el único sitio en el que quería estar era en el sitio que lo había destruido a él.

Capítulo 15

EL VIAJE al castillo era más familiar de lo que le gustaría. Hubiera preferido que los recuerdos de su infancia no estuvieran tan indeleblemente grabados en su inconsciente, pero allí estaban.

Aquel era el sitio que lo había hecho quien era, el sitio que lo había formado. La última vez que estuvo allí había decidido que ya no tenía más respuestas para él, que ya no tenía poder sobre él, pero seguía dejando que dictase sus decisiones, de modo que era mentira.

Cristian aparcó el coche y se dirigió hacia los restos calcinados. Allí no había nada y lo sabía, pero se quitó la chaqueta y se remangó la camisa hasta los codos. Sabía que no había nada, pero se puso de rodillas y empezó a escarbar entre las piedras, como si fuese a encontrar algo importante.

No había nada, se decía a sí mismo mientras seguía escarbando hasta que se le despellejaron los nudillos, hasta que su corazón se desangraba con cada latido.

No iba a encontrar nada porque el equipo había hecho su trabajo, pero siguió escarbando hasta que por fin descubrió algo que parecía un papel asomando bajo una piedra. Se cortó con una esquirla de cristal en su prisa por desenterrarlo, pero el dolor no podía compararse con la angustia que había en su corazón.

Era una fotografía.

Los bordes estaban quemados, pero no así el resto. Era la fotografía de un niño de unos cinco años, de pelo y ojos oscuros, con un moretón en la mejilla.

Un moretón seguramente hecho por su padre, pensó, con un nudo en la garganta.

No recordaba haber visto otras fotografías de su infancia. Nunca las había buscado y, desde luego, nunca se había sentado con su madre para hablar de un pasado que los dos querían olvidar.

Él no rebuscaba en el pasado. Nunca.

Pero allí estaba, el niño que, supuestamente, había convertido a su padre en un monstruo. El niño que, supuestamente, había arruinado la vida de su madre y que, siendo adulto, había destrozado la vida de su primera esposa. El niño que se merecía ser golpeado simplemente por haber nacido.

Cuando miró los ojos del niño de la fotografía le sorprendió descubrir que solo era eso, un niño. Un niño que había sido golpeado con los puños, que había sido maltratado por un hombre adulto. No podía entenderlo. Mirando la cara de aquel niño lo único que podía ver era inocencia. Una inocencia que jamás había podido atribuirse a sí mismo.

Era una revelación dolorosa, sorprendente.

Cristian dejó escapar un torturado rugido que sonaba más como el de un animal herido que el de un hombre, pero en ese momento así era como se sentía.

Se veía forzado a enfrentarse a la realidad. Si aquel niño no era un monstruo, entonces tal vez el hombre en el que se había convertido tampoco lo era.

Había inocencia en esa foto, una inocencia maltratada. Podía mirar al niño que había sido y ver la verdad, ver lo que había sido y quién era realmente el monstruo.

Mirar a aquel niño lo hizo pensar en el hijo que iba a tener, en lo que vería cuando lo mirase a los ojos.

Y sintió como si alguien hubiese metido una mano en su pecho para apretar su corazón.

Iba a tener un hijo; un hijo a quien había planeado castigar por los pecados de su padre. Jamás le haría daño físicamente, pero había planeado privarlo de su padre por todo lo que había sufrido en el pasado.

Sí, era un cobarde. Y había pretendido hacer sufrir a Allegra y a su hijo por ello. Había sido fácil creer que apartarse de las vidas de Allegra y su hijo era lo mejor que podía hacer porque se despreciaba a sí mismo, pero les haría tanto daño...

Lo necesitarían, tanto Allegra como su hijo lo querrían. Ella había dejado claro que lo deseaba. Deseaba al niño roto que había sido y al hombre roto en el que se había convertido.

Había sido un idiota al darle la espalda. Había sido un cobarde al intentar convencerla de que su amor y su deseo de ser amado estaban muertos para siempre.

Ese no era el problema; el problema era que lo deseaba más que nadie. Estaba hambriento de amor, siempre lo había estado. Se había casado con una mujer a la que no podía amar y que no podía amarlo. Nunca había buscado una conexión con la única mujer a la que quería hasta que el destino se hizo cargo. Hasta que se presentó el momento perfecto, la excusa más conveniente, y él se había aprovechado.

Cristian pasó un dedo por la fotografía, dejando una marca roja.

El monstruo nunca había vivido dentro de él, pero había intentado convencerlo de que así era. De niño había sido forzado a inventar una bestia dentro de él más aterradora que la que acechaba en la puerta de su dormitorio.

Había intentado creer, incluso siendo adulto, que algo dentro de él provocaba la devastación porque la alternativa era aceptar que las cosas malas sencillamente ocurrían y uno no podía controlarlas. Que había sido tan impotente para evitar la muerte de Sylvia como lo era de niño. Había despreciado tanto esa impotencia que resultaba más fácil culparse a sí mismo que reconocer que no podría haberlo evitado.

Y la mejor protección contra la bestia que había creado era mantener a la gente alejada para que no pudiesen hacerle daño.

Pero tenía que olvidar todo eso. Necesitaba a Allegra más de lo que necesitaba protección.

Y mientras reconocía eso, el muro que había dentro de él, el muro que parecía contener todas sus emociones, incluso cuando quería liberarlas, se derrumbó sin esfuerzo. Se dejó embargar por el dolor, por el deseo, por el miedo y por el amor.

Tal vez no podría recuperar a Allegra, tal vez sería demasiado tarde, pero lo intentaría con todo su ser. Caería rendido a sus pies, desnudo para ella.

Estaba decidido, por fin, a quitarse la máscara.

Capítulo 16

ALLEGRA estaba escondida otra vez en el apartamento de Roma, dolida y enferma. Una mujer tenía que ocultarse cuando, después de romper su compromiso con un príncipe, quedaba embarazada del mejor amigo de su hermano y luego dejaba plantado a dicho amigo en el altar. Y todo eso en un par de meses. Era demasiado interesante para los paparazzi en ese momento, sobre todo porque estaba ligada con los sucesos que acaecían en el país de Raphael en ese momento.

Raphael iba a casarse con una plebeya que estaba visiblemente embarazada y aquello se había convertido en un circo de tres pistas. Los dos escándalos estaban enlazados; ella, embarazada de otro hombre, él, habiendo dejado embarazada a otra mujer.

Si la gente supiera que no querían saber nada el uno del otro tal vez el asunto dejaría de tener interés... o tal vez no. Si aquello le hubiera ocurrido a una familia famosa de algún *reality*, probablemente lo habría leído con el mismo interés que los demás, pero era su vida y le parecía horrible.

Sentía como si tuviera cristales rotos en el pecho. El desamor era algo terrible, mucho peor de lo que se había imaginado. Había sido sensata al intentar aislarse de todo, pero le dolía tanto que apenas podía respirar.

Dejar a Cristian había sido la decisión más difícil de su vida. Era lo más sensato, sí, pero parecía como si le hubieran arrancado un miembro. Cristian era parte de ella de un modo tan profundo que no se había dado cuenta hasta que lo dejó.

Se sentía sola durante el día, pero más aún por la noche, cuando echaba de menos estar entre sus fuertes brazos, escuchar su respiración, sentir los latidos de su corazón bajo la palma de la mano.

Amaba a aquel hombre. Incluso después de haberlo dejado, aun sabiendo que él no la correspondía, amaba a aquel hombre con toda su alma.

Era terrible y maravilloso a la vez porque, aunque no podía ser suyo, aún tenía la fuerza que le había dado estar con él. Era una especie de magia cómo su amor la había destruido y reinventado al mismo tiempo.

–Nada de esto es mágico –murmuró, levantándose del sofá para mirarse al espejo.

El embarazo empezaba a notarse y esa era una de las pocas cosas que la hacían sonreír, que la prueba de la pasión que había compartido con Cristian se hiciera visible.

Seguramente pensaría de otro modo más adelante. Quizá se daría cuenta de lo difícil que era la vida para una madre soltera, sabiendo que Cristian estaba en algún lado sin saber nada de su hijo. Pero en aquel momento la hacía sentir un calorcito en el corazón. Era como un rayo de esperanza en medio de la oscuridad. Y lo aceptaría porque lo necesitaba desesperadamente.

De repente, oyó ruido en el descansillo y, un segundo después, la puerta del apartamento se abrió con brusquedad. Allegra dio un salto, dispuesta a defenderse contra un intruso o algo peor, un fotógrafo.

Pero entonces vio que era Cristian. Con una camisa blanca arrugada manchada de sangre en las mangas. Llevaba el pelo despeinado, como si se hubiera pasado las manos por él demasiadas veces y los pantalones negros habían visto mejores días. Parecía como si llevase la misma ropa que había llevado el día de la boda, dos días antes. Pero no podía ser.

Cuando vio que tenía las manos vendadas y los nudillos magullados, Allegra se llevó una mano al corazón

–¿Qué haces aquí? ¿Y qué te ha pasado?

–¿Qué? –Cristian se miró las manos, como si hubiera olvidado que las tenía vendadas–. Me he cortado.

–¿Estás bien? ¿Has estado bebiendo?

–No y no.

–¿No estás borracho o no estás bien?

–No –respondió él con voz ronca, dando un paso adelante. Las líneas de su rostro parecían más pronunciadas, el brillo de sus ojos casi salvaje–. No estoy bien. No he estado bien desde que me dejaste plantado en el altar.

–Siento haberte avergonzado...

–¿A quién le importaba eso? Al demonio con mi insufrible ego, me da igual. Podrías haberme dejado delante del mundo entero... de hecho, lo hiciste, y no me habría importado. Pero te perdí y eso no puedo soportarlo.

Una traidora esperanza empezó a nacer en ella.

–Cristian, ¿qué estás diciendo exactamente?

–He sido un tonto, Allegra. Por supuesto que sabía que eras tú. ¿Cómo no ibas a ser tú?

–Pero dijiste...

–Sé qué te gusta comer y qué no, sé dónde soñabas

ir de vacaciones, sé cómo frunces los labios cuando intentas disimular que por dentro estás haciendo un puchero.

—Yo no hago pucheros —protestó ella, con un nudo en la garganta.

—Sí los haces y son preciosos. Y eres tan bella cuando te ríes... y cuando no también. Claro que eras tú —repitió Cristian—. ¿Por qué si no habría encargado que llevasen a la isla todo lo que te gusta? ¿De qué otro modo habría sabido elegir un vestido la primera noche que cenamos juntos?

Ella parpadeó, intentando contener las lágrimas, totalmente abrumada por esa declaración, por la gloriosa prueba de que la conocía de verdad, que siempre la había conocido, aunque lo negase.

—Cuando entré en el hotel de Venecia y te vi, sentí algo que no había sentido nunca —siguió diciendo Cristian—. Solo podías ser tú, pero no quería aceptarlo porque soy un cobarde. Temía aceptar mis sentimientos por ti, así que me dije que no existían.

—Cristian...

—¿Por qué si no puse a Raphael en tu camino? —la interrumpió él—. ¿Por qué si no estaría tan desesperado por verte casada con él? ¿Por qué criticaba cualquier cosa que pusiera tu boda en peligro?

—Pensé que tú... no lo sé, porque mis padres te caían tan bien.

—Tus padres significan mucho para mí, pero nunca tuvo nada que ver con ellos. Eras tú. Quería verte casada, a salvo, lejos de mí porque... porque siempre supe que tarde o temprano me perdería y te tocaría cuando no tenía derecho a hacerlo.

—Yo solía mirar tu alianza y me ponía enferma —le confesó ella, con los ojos llenos de lágrimas—. Porque eras de otra mujer y no mío. Cristian, siempre te he querido. Nunca ha habido ningún otro hombre para mí.

—Quería creer que estaba protegiéndote con Raphael, pero la única persona a la que estaba protegiendo era a mí mismo.

—¿Y qué ha cambiado? —preguntó Allegra mirando al hombre abatido que se encontraba ante ella, vulnerable y sin máscara.

—Volví al castillo buscando respuestas. Unas respuestas que no esperaba encontrar, pero las encontré, Allegra. Las encontré.

—¿Qué has encontrado?

—Una fotografía mía de cuando era pequeño y yo... —a Cristian se le quebró la voz—. No era un monstruo, solo era un niño. Y al ver la marca que mi padre me había dejado en la cara supe que yo no había provocado eso, supe que era él. Y eso hizo que me lo cuestionase todo. Te dije que había tenido que hacerme fuerte para soportarlo y es la verdad. Tuve que creer que había algo peligroso en mí para poder luchar, pero ya no necesito esas excusas... gracias a ti.

—¿A mí?

—¿Cómo podía seguir viéndome como alguien despreciable si tú me quieres? Puede que haya destruido ese amor y no me sorprendería si así fuera. Te hice tanto daño que me dejaste plantado ante el altar, pero, si pudieras seguir amándome, si pudieras intentarlo y darme otra oportunidad, entonces yo... yo me sentiría honrado como nunca en mi vida.

A Allegra se le escapó el aliento de golpe.

—Cristian, eres tonto.

—¿Cómo? —preguntó él, mirándola a los ojos.

—Nunca he dejado de quererte, nunca. No te dejé

porque hubieras destruido mi amor, sino porque te quería demasiado. No podía estar a tu lado todos los días y no tenerte, no podía hacerme eso a mí misma. No podía seguir viviendo así, con todo guardado. Quería vivir de verdad, con todo mi corazón, mostrarte mi amor no solo a ti, sino al mundo entero. No quería volver a esconderme cuando tú me has demostrado lo maravilloso que es vivir con pasión.

–Allegra... –Cristian la envolvió en sus brazos–. Siempre he visto tu pasión, siempre he visto tu fuego.

–Pero lo odiabas.

–No, lo temía porque sabía que me consumiría, pero ahora lo único que deseo es estar atrapado en ti, en esto. Te quiero con toda mi alma y siento ese amor como no he sentido nada desde que era un niño –susurró él, tomando su mano para ponérsela sobre el corazón–. Me duele tanto que apenas puedo respirar. Esta necesidad de ti es tan profunda que no puedo ver el final.

–Cristian... yo siento lo mismo.

–Cásate conmigo, no porque tengas que hacerlo, no porque tenga sentido o porque le dará un título a nuestro hijo, sino porque te quiero y porque tú me quieres a mí.

Allegra miró a aquel hombre, el hombre que una vez había temido fuese la muerte en busca de su alma, y lo que vio fue la vida. El resto de su vida, brillante y hermosa ante ella.

–Sí, Cristian –respondió–. Me casaré contigo porque te quiero. Con todo mi corazón, con toda mi alma.

Epílogo

EL DÍA que llevaron a la pequeña Sophia Acosta al restaurado castillo, directamente desde el hospital, fue el día más feliz de la vida de Cristian. Nunca se habría imaginado que podría vivir en el sitio que había albergado sus pasados demonios.

Claro que nunca se había imaginado una vida como aquella. Con el amor de Allegra, con su preciosa hija, feliz, libre de las cadenas que lo habían atado al pasado.

Allí ya no había demonios, ya no. No había pesadillas, solo hermosos sueños. Solo la brillante y hermosa sonrisa de su esposa, el adorable calor del diminuto cuerpo de su hija.

Y una vida maravillosa que jamás se hubiera imaginado.

Apretó a Allegra contra su corazón, mirando su precioso rostro y la carita perfecta de su hija.

—Gracias por haber tenido el valor de tomar mi mano en el baile de máscaras, aunque yo estaba siendo un cobarde.

—Cobarde es una palabra muy fuerte —dijo ella—. Una parte de ti quería que estuviésemos juntos. Una parte de ti y de mí era más fuerte que el miedo.

–¿Era eso, tú crees?

Allegra le echó los brazos al cuello y apoyó la cabeza en su hombro.

–Era amor, Cristian. Siempre ha sido amor.

* * *

Podrás conocer la historia de Raphael de Santis y Bailey Harper en el segundo libro de la serie *Padres antes de la boda* **del próximo mes titulado:**

LA AMANTE SEDUCIDA POR EL PRÍNCIPE

Bianca

Le había ofrecido un millón de dólares por una noche…

Fingir querer a Gabriel Santos debería ser fácil para Laura Parker. Al fin y al cabo, era tremendamente guapo, solo se trataba de una noche y él le había ofrecido un millón de dólares.

Sin embargo, había tres cosas que tener en cuenta:

1. Ellos dos ya habían pasado una noche inolvidable en Río.
2. Laura estaba enamorada de Gabriel desde entonces.
3. Gabriel no quería hijos, pero no sabía que era el padre del niño de Laura.

NOCHE DE AMOR EN RÍO

JENNIE LUCAS

¡YA EN TU PUNTO DE VENTA!

Acepte 2 de nuestras mejores novelas de amor GRATIS

¡Y reciba un regalo sorpresa!

Oferta especial de tiempo limitado

Rellene el cupón y envíelo a
Harlequin Reader Service®
3010 Walden Ave.
P.O. Box 1867
Buffalo, N.Y. 14240-1867

¡Si! Por favor, envíenme 2 novelas de amor de Harlequin (1 Bianca® y 1 Deseo®) gratis, más el regalo sorpresa. Luego remítanme 4 novelas nuevas todos los meses, las cuales recibiré mucho antes de que aparezcan en librerías, y factúrenme al bajo precio de $3,24 cada una, más $0,25 por envío e impuesto de ventas, si corresponde*. Este es el precio total, y es un ahorro de casi el 20% sobre el precio de portada. !Una oferta excelente! Entiendo que el hecho de aceptar estos libros y el regalo no me obliga en forma alguna a la compra de libros adicionales. Y también que puedo devolver cualquier envío y cancelar en cualquier momento. Aún si decido no comprar ningún otro libro de Harlequin, los 2 libros gratis y el regalo sorpresa son míos para siempre.

416 LBN DU7N

Nombre y apellido	(Por favor, letra de molde)
Dirección	Apartamento No.
Ciudad	Estado Zona postal

Esta oferta se limita a un pedido por hogar y no está disponible para los subscriptores actuales de Deseo® y Bianca®.
*Los términos y precios quedan sujetos a cambios sin aviso previo.
Impuestos de ventas aplican en N.Y.

SPN-03   ©2003 Harlequin Enterprises Limited

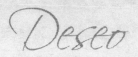

Un trato con el jefe
Barbara Dunlop

Durante años, Tuck Tucker había llevado la vida de un multimillonario libre de preocupaciones. Pero cuando su hermano desapareció, tuvo que tomar las riendas del imperio familiar. Sabía lo que tenía que hacer y lo que necesitaba, sin embargo, conseguir que la secretaria de su hermano lo ayudara era complicado, ya que Amber Bowen era inteligente y sexy, y no estaba dispuesta a revelarle el paradero de su hermano. Pero Tuck halló el modo perfecto de tentarla para que hiciera un trato con el jefe.

Todos tenemos un punto débil,
y le iba a ofrecer un trato irresistible

¡YA EN TU PUNTO DE VENTA!

Bianca

Era la novia más apropiada para el siciliano...

Hope Bishop se queda atónita cuando el atractivo magnate siciliano Luciano di Valerio le propone matrimonio. Criada por su adinerado pero distante abuelo, ella está acostumbrada a vivir en un segundo plano, ignorada.

Pero las sensuales artes amatorias de Luciano la hacen sentirse más viva que nunca. Hope se enamora de su esposo y es enormemente feliz... ¡hasta que descubre que Luciano se ha casado con ella por conveniencia!

UN AMOR SICILIANO

LUCY MONROE

¡YA EN TU PUNTO DE VENTA!